親を愛せない子、子を愛せない親たちへ

わたしの親子論

Seiichiro Kuboshima
窪島誠一郎

彩流社

『親を愛せない子、子を愛せない親たちへ――わたしの親子論』もくじ

親という存在

「親という存在」というテーマで書こうと思う。

わたしは今年（二〇一八年）の十一月で喜寿をむかえる老人である。もちろん両親ともとうに亡くなっている。おまけに、わたしは戦時中に二歳ちょっとで生父母と離別し（戦後三十余年経ってから再会した）、成人するまでずっと養父母の手で育てられたという多少ふくざつな出自をもつ男で、生みの親と育ての親という二組の両親をもっているのだが、すでに養母、養父、生母、生父の順で、全員が鬼籍に入った。最後に亡くなった生父の死からも、もうかれこれ十四年もの月日がながれている。のこされた子であるわたしも七十七歳、それほど遠くない日にそちらにゆく年齢となっているのである。

そんなわたしが「親という存在」についてあらためて考えてみようと思ったのは、こんな老齢になって、ますます親の存在が自分の人生にいかに大きな影響をあたえていたか、また自分のほうも、親の存在をどれだけ気にして生きてきたかということに気付いたからである。当り前といえば当り前だが、どんなに自分が自立した人生を歩んできたつもりでも、子の命の根は父とつながっており、母とつながっている。生きている以上、一生涯その親から生まれた子なのであり、その人たちの血を貰って生きてゆくという宿命からはのがれられない。要するに、この世に生まれただれもがだれかの子であり、その親の存在を消しゴムで消すことなんてできないということを知ったのである。

ただ、さっきもいったように、わたしは実の両親、育ての両親という二組の親をもった子だった。しかも、三十五歳何ヶ月かになるまで生父母の名も顔も知らずに育ち、離別後三十何年もしてからようやく再会を果たしたという奇縁の子である。こんな経験をもった子は、世の中にそうザラにいるものではない。だから親の存在について語るにしても、親からうけた影響を語るにしても、ふつうの何でもない家庭に育った子からみたら、ずいぶんと物の見方がヒネクレていたり、素直でないという部分があるように思う。読んでいただく人には、くれぐれもそのことを承知しておいてもらいたいのである。これはあくまでも、わたしという個人がもつ独自の「父親観」であり、「母親観」であり、最近テレビのCMにもよく出てくる、あの「これは個人の感想です」の類に属する文章なのである。

それにしても、親は子にとってどのような存在なのだろうか。

子は父と母の一滴の精の交わりを得て誕生し、十月十日《とつきとおか》の母親の陣痛をへてこの世に生まれ出てくる。幼少期はひたすら母の乳房を吸い、母の胸に抱かれて眠る。しかし、成長するにしたがって、子には子の自我が芽ばえ、食べ物に対しても、着る物に対しても、自分への扱いに対しても、自らの意志や気分を主張するようになる。機嫌がわるくなると、おもちゃを放り投げ、ぐずり、泣き、自分が納得できる処遇をうけるまで、足をバタバタさせて抵抗するようになる。このあたりまでは、親は子にとって、無制限に甘えることのできる存在であり、だれよりも自分を認めてもらえる存在であり、どんなことがあっても自分を護《まも》ってくれる唯一無二の存在なのである。

わたしの経験からすると、この乳児期の母と子のふれあいは、ことのほかその後の子の人生に大きな影響をもたらす。

一二四〇年頃の『承久記』という書物には、「三つ子は何心もなく、乳母の乳房に取り付き」などという表現が出てくるし、有名なのには「みつごの魂百まで」とか、「みつごに習って浅瀬を渡る」などという言葉もある。大げさにいえば、子は三歳になるまでに、人間が生きるに必要な生命力の本源を学ぶ。出生時から三歳ぐらいまでの、母とすごす濃密な時間から、子は一生ぶんの知恵や叡智、何より人を愛し愛されることの幸福を学ぶのである。子は生まれたとたんに母という絶対愛の対象と出会い、その母親に抱擁され、子守唄をうたわれ、乳房を吸い、安心して眠ることによって、いわば人間としての濃厚な心の滋養を得るのだ。母をつうじて、自分以外の他者を信じ、身を預け、安らかに眠るという、無償の愛の存在を知るといってもいいかもしれない。

だが、成長するにつれて、子が親に期待するものは徐々に形を変えてくる。

幼少期には、ただ無条件で母親の愛情をうけいれ、乳房をせびっていた子が、小学校にあがる頃になると、授業参観にくる母親には、他の家の母親よりも若々しくキレイであってほしいと思ったり、父親には上等な服を着て上等な靴を履いてきてほしいと思ったり、他の子の家よりもっと立派で大きな家に住みたいと思ったりするようになる。同級生や同じ年頃の子に競争心を燃やし、他の子のだれよりも裕福で幸せな境遇を得たいと願うようになる。いわゆる「自尊心」と「優越感」の発生である。

この年頃になると、だんだん父親の職業や社会的な格付けのようなものも気になってくる。これまで公園につれて行ってくれたり、キャッチボールをしてくれたり、父親は子どもに対してじゅうぶん役割を果たしてくれていたのだが、子はそれだけでは満足しなくなる。父親が大会社の「社長さん」だったり、大きな病院の「院長さん」だったりすれば、仲間にもおおいに自慢できるけれど、名もない小さな会社のヒラ社員だったり、貧乏な商店主だったりすると、子どもは自分の家庭にコンプレックスを抱くようになる。コンプレックスとまではいえないまでも、漠然と不満を感じるようになる。なかには、自分は何て不幸な家に生まれたんだろうと、両親を恨んだりしはじめる子もいる。

しかし、そうした子どもの自我の揺れ動きを安定させるのは、やはり何といっても、愚直なまでの両親の子にそそぐ愛情である。どんなに貧しい家庭であっても、父親が運動会で一生懸命自分の手をひいて走ってくれたり、夜おそくまで宿題を手伝ってくれたりした思い出や、母親が丹精してつくってくれた遠足の弁当の味を子は忘れない。風邪で熱を出したときなど、一睡もせずに額の手拭いを取りかえてくれた母の優しさを忘れない。そんなとき、子の心身にはしみじみと「このお父さんとお母さんの子でよかった」といった思いがわいてくる。

小学校に入ったからといっても、まだまだ子は幼いのである。

*

あとでくわしく書くことになると思うけれど、わたしも同じような経験をした。

わたしの育ての父親は、東京世田谷の明治大学和泉校舎の校門前で働く靴の修理職人だった。わたしの幼少期は、終戦直後の混乱期にあたっていて、どこの家も同じように貧乏だったが、わたしの家はとりわけ貧しかった。昭和二十年五月の東京空襲で虎の子の家を焼き払われ、親子三人ヤブレ障子のバラック小屋で肩を寄せあって眠る暮しだった。一枚の海苔を煉炭火鉢であぶって親子で分けあい、一つの生卵で三人が卵かけご飯を食べるといった困窮ぶりだった。そんな家から地元の小、中学校に通いはじめたわたしは、しだいに両親の靴修理職人という貧しい職業を疎《うと》みはじめた。新品のランドセルを背負った子をうらやみ、新しい鉛筆や筆箱をもってくる子をねたみ、古いオンボロカバンをかかえツギハギ半ズボンで登校する自分が哀《かな》しかった。梅ボシ一個の弁当を仲間にみられるのが恥かしくて、昼休みになるとわたしは教室をぬけ出し、学校の裏山にのぼって一人で弁当箱をあけた。

だが、そんなわたしを救ったのは、養父母の献身的な優しさだった。

幼い頃から偏頭痛持ちだったわたしは、頭が痛くなるとすぐ養母のハツのところへとんでいって、ハツの小さな膝に頭をゴシゴシとこすりつけた。ハツは泣いているわたしの坊主頭を優しく撫で、「神サン、神サン、誠一郎の頭痛《あたまいた》を退治してやっておくれ」と何ども祈るのである。するとふしぎなことに、わたしの頭痛は霧が晴れるように消えてゆくのだった。わたしは風邪をひいたときも熱を出したときも、ハツの魔法の膝にゴシゴシと頭をこすりつけた。

誕生日になると、ハツがかならずつくってくれるグリンピースご飯も美味しかった。土間の竈で炊くご飯が湯気をたてはじめると、腹を空かせて学校から帰ってきたわたしは、待ち切れなくなってそっと釜のフタをあける。するとハツが、竈の火で眼を赤くしながら、「まだだよ、まだだよ」とわたしを叱る。そして、炊き上る寸前に、フタのすき間からほんの一つまみの塩を、ご飯の上に撒くように入れるのだった。そうやって、ようやく炊き上ったグリンピースご飯は、ホカホカの白い米粒のなかに色鮮やかな緑色のグリンピースをうかびあがらせた。わたしは世の中にこんな美味しい、美しい食べ物があるだろうかと思った。

父親の茂も優しかった。茂は時折、当時進駐軍の逓信部が入っていた明治大学から、その頃庶民がめったに口にできなかったバナナやチョコレートを貰ってきて、帰ってくるとすぐにわたしに頬張らせてくれた。わたしが口のまわりをチョコレート色にしてよろこぶと、「旨いか」「旨いか」とうれしそうにわたしの顔をのぞきこみ、坊主頭をゆさぶるように撫でる。そんなときの茂は、わたし以上にうれしそうな顔をしていた。ハツや茂にとって、わたしは他所《よそ》から貰った他人の子だったから（二人はずっとそのことをわたしに隠していた）、かえってわたしに全身全霊の愛をそそいでくれていたように思う。

わたしは、そんなふうにハツや茂に自分が大事にされていることを実感できたときには、ランドセルを買ってもらえないことも、ツギハギだらけのズボンのことも、生卵一つの食卓のことも忘れられた。

これも今の歳《とし》になっていえることだが、子はいつも親に対して「自分はどれだけ愛されているか」を計《はか》りにかけて生きているのではないだろうか。

つまり、たとえ物質的な欲望が満たされていなくても、いっぽうでそれに勝る親の愛情が感じられれば、子どもは幸せな気持ちになるのである。わたしの場合でいえば、新品のランドセルを買って貰えなくても、梅ボシ一つの弁当であっても、魔法の膝でわたしの頭痛を治してくれるハツの愛情にふれると、「ああ自分は愛されている」と感じられたものだ。竈で湯気をたてているグリンピースご飯の匂いを嗅いだだけで、両親がわたしの誕生日を心から祝ってくれていることがわかったのだ。そのときだけは、他の一切の不満が消えたのである。

だが、子どもの「親の愛情をはかる計り」はつねに不安定で、あっちへ行ったり、こっちへ行ったり揺れ動く。食卓にならぶオカズの量によって「自分は愛されていない」と感じたり、正月にもらうお年玉の多寡で親の愛情量を推し測ったりする。どんなに家計が苦しいとわかっていても、クリスマスに贈りものをしてもらえなかったり、修学旅行に行かせてもらえなかったりすれば、子は自分が親に捨てられたようなさみしさを覚える。子どもは一刻も途切れることなく、「自分がどれだけ愛されているか」という計りの針をみつめているのである。

そして、いったん「自分は愛されていないのではないか」という疑いを抱くと、なかなかその疑念をふりほどくことができない。

これはわたしが経験した特殊なケースだが（あまり思い出したくない記憶だが）、わたしは小学四年か五年のときに、台所の隅に吊してある「誠《セイ》チャンにかかった生活費」というノートを発見して戦慄した。そこには、小学校に通うわたしにかかった費用、父兄会費や給食費や文房具費などの額が細々と記されてあったのだ。日頃あれほどわたしを可愛がってくれていながら、陰ではこっそりわたしに費したお金の額を記録していたのである。おそらく茂やハツにしてみれば、そのノートは別段悪意があって記したものではなく、ほとんど無意識のうちに貰い子であるわたしの「養育費」を、一種の覚え書きのつもりでそこに記入していただけだったのだろうが、敏感な年頃になっていたわたしは孤独の底に突き落された。わたしはそのノートをみていらい、やっぱり自分は愛されていないのだと思うようになった。茂やハツが本当に自分を愛しているのなら、こんなノートをつけるわけはないと思ったからだ。

今にして思えば、あの頃からわたしは「自分は本当はこの人たちの子ではないか」という疑いをもちはじめたのである。

ここまで、私なりの「親と子」についての思いをくどくどつづってきたが、要するに親と子は（互いに愛し合っているゆえに）対立し、つねに戦っている関係にあるというのが結論なのである。

＊

親はありったけの愛情を賭して子を育てるが、その愛情がかならずしも子の心にとどいているとはかぎらない。むしろ互いを理解していないことのほうが多い。子は親が考えるような子ではなく、親は子が思っているような親ではないのである。家出して犯罪をおかしたわが子に対して、親が「まさかウチの子にかぎって」というような感想をもらすことがあるが、あれなどは、いかに日常の自分の子の心をちゃんと把握していなかったかという証左と思われる。また、ちょっとしたことが原因で、子が親を傷つけ、ついには殺してしまうというような悲惨な事件までがおこるが、あれだって子がじゅうぶんに自分の親を理解できていなかったゆえの悲劇だ。親は子を、子は親を、互いにかけがえのない存在と認めながらも、本当の相手の心奥を知らぬままでいることが多いのである。

そこには、親には親の、子には子のエゴイズムがある。

たとえば親の子に対する愛情は、いってみれば子に対する願望の表れである。親は子に「こうあってほしい」「こんなふうに生きてほしい」と期待し、子どもにさまざまな体験や教育の機会をあたえようとするが、それはいっぽうで子どもに過剰なストレスをあたえることにもなる。考えてみれば、子どもは親のために生まれてきたわけではないし、親のために生きてゆくわけではない。一回かぎりの人生を自分らしく生きるということは、親が願望し期待する人生を実現するということではないのである。

もう何年も前のことだが、一流の中高一貫校に進んだある高校生が、成績が落ちたことがきっかけで不登校になり、それを注意した母親を衝動的に刺殺するという事件があった。母親が子を励まそうと口にした「がんばりなさい」の一言に、少年が逆上したすえの犯行だった。家庭裁判所送りとなった少年は、何年後かに刑期を終えて出所し、母の墓の前で泣き崩れたという。その後少年は懸命に勉強して大学受験資格を取り、国立大学にまで進んだが、恩ある母を殺《あや》めた罪の重さを忘れることができず、ついに二十代半ばで自死してしまう。

この事件を、凶悪犯罪の問題少年の一事件と片づけるわけにはゆかないだろう。母親の愛と期待におしつぶされた一人の誠実な少年の心中を思うと、息が苦しくなる。

そんな親子の関係を、さらにふくざつなものにしているのは、親と子のあいだに流れる「血」の存在ではないか。昔からよく「血は争えない」とか「血は水よりも濃し」とかいう、あの「血」のことである。子どもの顔や才能について語るとき、人は何気なく「お父さん譲りですね」とか「お母さんの血ですね」とかいったりするが、その正体不明の「血」なるものが、親と子の関係をよけいややこしくしているといってもよい。

いくら大嫌いな親であっても、子の顔はだんだん親に似てくるし、性格も似てくる。人によっては、喋り方や物の考え方、箸の使い方まで似てくる場合がある。ある日とつぜん、鏡のなかの自分が、亡くなった父親（母親）にそっくりであることに気付いたなんて人も多いだろう。重ねていうが、どんなに否定し相容れない、主義主張のちがう親であっても、子はその「親の血」からのがれることはできないのである。

わたしの経験では、どうも歳をとればとるほど、子は親に似てくるという感じがする。

前にもいったように、わたしは戦時中に生父母と生き別れし、戦後三十余年も経ってから邂逅した子なのだが、後年よく人から「お父さまに似てますね」とか「物を書く才能はやはりお父さま譲りですね」などといわれることが多くなった。もちろんわたしは、昭和三、四十年代に一世を風靡した直木賞作家である父親の足モトにもおよばないペエペエだし、物を書く才能を父から貰ったなどとは自惚れていないのだが、たしかに顔のほうはどこか父親と似てきた気がする。それも還暦をこえたあたりから、急速に似てきた。当時文壇ではイケメン文士の筆頭にあげられていたという父に似ているというと、わたしの顔もイケメンとうけとられそうだが、残念ながら小顔の父にくらべて、わたしはウチワのような大顔のブ男。しかし面差しだけは、いくぶん好色な感じのする眼モトといい、時代劇役者のような太い鼻すじといい、どことなく父親似なのである。

三十数年間離れ離れに暮していた子にも、ちゃんと父の血は流れているらしいのだ。ただ、親と子のあいだをふくざつなものにしている「血」とは、そうした顔が似てくるとか、性格が似てくるとかいったことをいうのではない。その血に対して、必死に抗《あらが》う子の自我の「血」のほうが問題なのである。

これもわたしの経験だが、子が親に対して一番嫌悪感を抱くのは、平たくいえば「いつも自分と親とを比較される」ということではないか。よく「二世」だとか「七光り」だとかいわれることがあるが、スポーツ選手の世界なんかはその典型だろう。有名アスリートを親にもつ子は、終生現役時代の親の成績や業績とくらべられる人生を歩む。だれかが「親の存在を越えるには少なくとも親の倍近い成績をのこさなければダメだ」なんていっていたが、たしかにその通りで、親と同じでは親を越えたことにはならない。大関の子に生まれた力士は、横綱になって初めて親を越えたと評されるのであり、偉大な記録をもつ野球選手の親を越えるには、安打率も盗塁率もホームラン数も親をしのぐ力量が必要となる。そして、子にとっていちばん憂鬱なのは、自分が懸命にうちこんでいる仕事が、つねに「あの親の子だから」という眼でみられつづけることだ。鬱陶しいったら、ありゃしない。

そういうと世間からは
「そんなことを気にしなけりゃいいじゃないか」

とか
「もっと自分に自信を持てばいいじゃないか」

とかいわれそうだが、コトはそう簡単ではない。

当の本人にしてみれば、何かにつけて親と比較されるということは、無意識のうちに親を競争相手にし、血をわけた親を敵に回さなければならない宿命を負わされるということでもある。自らのアイデンティティを確立し、自分だけのオリジナリティを養うために、そうした境遇に生まれた子には、人の何倍もの刻苦奮励がもとめられる。というか、果しなき親との戦いが強いられる。もちろん、そうした宿命にあればこそ、不断の精進を重ねて「親を追い越す」ことができる者もいるわけなのだが。

もっとも、こういう親子関係も、全世界すべての親子に当てはまるわけではない。世の中に千組の親子がいれば、千通りの親子関係があるというべきだろう。親のことなんかとんと気にせず、自分は自分、己が道をゆくという子もいるだろうし、べつに子が成功しようとしまいと、幸せになろうと不幸せになろうと、何とも思わない親がいてもふしぎではない。

それと、子が男であるか女であるかでも、ずいぶんちがうような気がする。娘がもつ母親への感情は、男がもつ母への感情とはちがうし、男が抱く父親への感情は、娘が父に対してもつそれとはまるでちがう。わたしのケースだって、わたしがもし女（娘）に生まれてきたら、父やにこんなヒネクレた愛憎の思いを抱くことはなかったように思われる。娘と息子では、父親や母親に抱く感情はまったくちがうようなのだ。

*

ここまで書いてきて、あらためて思うのは、親子関係ほど不可解でミステリアスなものはないということ。何もかも「血」のせいにするわけではないが、子にとって親は自分をこの世に送り出してくれた恩人であり、物心つくまで自分を見守り、育てあげてくれた最大の庇護者であるとともに、子の人生を大きく束縛する支配者にもなり、誘導者にもなるということだ。

こうした「親の存在」を、気にかけずに生きろというほうがムリというものだろう。

では、子は親に対してどう接すべきなのか、理想の親子関係とはどういうものなのか。さっきから考えているのだが、なかなか答えは出ない。七十七歳にもなって情けない話だが、わたしは今もって養父母、生父母のことを思い出すと憂鬱になる。げんみつにいうなら、自分が親たちにどんなことを言い、どんなふうに行動してきたかを思うだけで落ちこむ。たぶんそれは、養父母に対しても、生父母に対しても、わたしがその人たちの子として、一人の人間として、いかに恥かしい態度をとってきたかを、今ようやく自覚しはじめているからなのだろう。

しかし、だからといって、わたしは逃げてはいけないという気持ちにもなっている。眼をつぶってはいけない。何しろ、もう自分は喜寿をむかえる正真正銘の老人なのであり、いつこの世を立ち去ってもふしぎのない年齢の男なのである。亡くなった親たちと、いつのまにか同じ年代になっている老いた子なのである。これまで生きてきた自分の生き方を、自分自身の手で総括せねばならないときがきているのだと思う。

で、これまで自分がどう親とかかわり、親とどう生きてきたか、かれらに何を語り何を語ってこなかったのか、それをこれから正直につづってみようと思うのだが、ことわっておきたいのは、ここに書かれているわたしは、今のわたしではないということである。老いた養父母に当たりちらし、抵抗し、ツバを吐きつづけたわたしは、今のわたしではない。戦後三十数年経って再会したとき、子の足もとにすがって「ごめんね」「ごめんね」と泣きじゃくっていた実の母に、まるで冷血漢のような眼差しをむけていたわたしは、わたしではない。わたしは、わたしでなかった頃のわたしを書こうとしているのである。

わたしはこのつたない手記を、今は亡き養父窪島茂、養母ハツ、生母加瀬益子、生父水上勉にささげたいと思う。

養母の章

わたしの養母の名はハツといい、旧姓は「牧」、窪島茂と結婚して「窪島ハツ」となった。ハツは明治三十六年五月二十五日に、兵庫県尼ヶ崎西大物町に生まれた女で、昭和の初め頃関西の浪曲界で活躍していた日吉川秋水という浪曲師の孫娘だったという。浪曲とは今ではすっかり下火になったが、あの派手な羽織ハカマ姿でうなる浪花ブシのことで、当時関西の浪曲は「祭文語り」とよばれ、庶民の娯楽の代表格の一つだったそうだ。ハツ自身も若い頃は、芙蓉軒麗花という人気女流浪曲家一座のもとで浪曲を修行し、一時は「日吉川初子」という芸名で舞台に出ていたそうだ。

「そうだ」という表現が多いのは、これらの情報が直接ハツの口からきいたものではなく、わたしが長いあいだかけて諸地を歩き、ハツの血縁者や関係者から聞き書きしたり、役場から戸籍簿を取り寄せて調べてわかったことだからである。わたしは生前のハツから、ハツがどこで生まれ、どういう生いたちをもった女であるか、窪島茂といつどこで知り合い、どんないきさつで結婚したかなどについて一ども聞いたことはなかった。ハツは自分の正確な年齢すら、わたしには教えてくれなかった。

なぜハツが自分のことを、わたしに語らなかったかというと、それはわたしが幼い頃他家から貰われてきた子であることを、当のわたしに知られたくなかったからである。ハツは自分の出生地や、自分の若い頃の思い出を語ることによって、わたしが窪島茂、ハツの子ではないということが露見するのを怖れたのである。

もちろん、わたしを育てている長いあいだには、何かの拍子にわたしの質問に応じて、自分の出自や出身地の尼ヶ崎のこと、芙蓉軒麗花一座にまじって旅公演していた頃の思い出なんかを話すことはあったのだが、わたしを産んだ経験についてはまったく話さなかった。ハツは実際にはわたしを産んでなかったのだから、話しようがなかったというのが本当のところだったのだろう。

わたしがたまに（すでにその頃わたしは自分の出生に疑念を抱いていたが）、自分が生まれたときの状況をきいても、

「どってことないんや。誠ちゃんはコロッと生まれてしもた」

だとか

「気がついたら、わての横でスヤスヤ寝とった。まるで神サンが天から連れてきたようやった」

だとか、わかったようなわからぬような言い方をし、いつも話題をたくみにはぐらかした。どこでどんなふうにわたしは産まれたのか、まっすぐに質問に答えようとはしなかった。だから、幼いわたしの疑問はますます深まるばかりだった。

だが、わたしより先に生まれて流産したという姉のことについては、ハツは聞かれもしないのによく喋った。

何でもハツは、茂と結婚してまもなく妊娠し、ケイコと名付けた女児をもうけたのだとい

う。しかし、ケイコがハツの腹の中で生きていたのは八ヶ月ちょっとまでで、けっきょく早期流産してこの世に誕生することはなかった。ハツは、ケイコはわたしより十二、三歳上にあたる子だとわたしに語った。

「ケイコちゃんはなぁ、あと一息で元気に生まれてきた子だったたやけどなァ、意気地なしやから、この世の空気吸う前に、根《こん》がつきて死んでしもうたんや。もっとも、あの頃はわても父さんも、はじめての商売ひらいて、えろういそがしゅうてなァ、大きな腹かかえて金もうけしとったさかい、ロクにお産の養生もしてなかったんや……死産したときも、急に店で産気づいてな。店にきとったお客はんが、自転車で産婆さんへはしってくれよったけど、まにあわんかった。父さんが仕入れで新宿まで出とった留守中のことやった。父さんもえろう悲しんで、しばらくはわての身体をうらんどったわ」

わたしの出産についてはほとんど話さないのに、流産した姉のケイコのことはくわしく語るのである。

ここからは推測だが、たぶんハツにとって、他家から貰ったわたしよりも、最初に身籠ったケイコのほうが「本当の子」だったにちがいない。たとえ八ヶ月間であっても、自分の腹に命を宿していた、正真正銘のわが子であったのにちがいない。

ただ、ハツはわたしの出生については固く口を閉ざしていたが、他の面ではけっして不正直な人ではなかった。むしろ正直すぎるほど正直で、ウソのつけない人だった。

たとえば家の経済のやりくりがつかなくなると
「誠ちゃん、堪忍してや、今月の学校の給食費、靴直しの集金ができたらすぐに払うたるからな」

わざわざ担任の先生のところに事情を話しにゆくような律儀さがあった。

一ど、やはりわたしの学費をめぐって、父と大喧嘩しているのを見たことがある。このときも、茂が靴修理の売り上げが思わしくなく、わたしの学費を延納するといい出したのだが、母のハツが猛然とそれに反発したのだ。

「これ以上、誠ちゃんの学費ためてどないするんや、商売とこの子の学校とどっちが大事と思うとるんや」

ふだん無口で何をいわれても茂の命令にしたがっていたハツが、びっくりするような大声をあげた。そのときのハツの眼は真ッ赤だった。

そんなふうだったから、わたしは小学校の頃から、ぼんやりと「茂よりハツのほうが自分を愛してくれている」と考えるようになった。

ハツの愛情が顕著に表われるのは食事のときである。

わが家の朝ごはんは、大抵は一個の生卵を家族三人で分けあって食べるのがつねだったが、ハツは卵を碗の中で溶いたあと、まず先にわたしのごはんの上にかけてくれた。つぎが父、最後が母だった。母は自分のごはんの上に卵の碗をもってくると、そこでほんの少し碗をかしげて醤油を足した。わたしは幼な心に、母のごはんにはほとんど卵は入っていなくて醤油ばかりなのではないかと思い、ちょっぴりかなしかった。

生卵一個の朝食には、三どに一どくらいジャガイモやワカメの味噌汁がついた。ハツはわたしの味噌汁にだけは、具をたくさん入れてくれた。

ハツのわたしに対する優しさは、わたしが中学校を出たあと高校にすすむか、靴の修理職人になるかでモメていたときにも発揮された。

わたしは地元世田谷の松原小学校から梅ヶ丘中学校にすすんだのだが、成績はあんまり芳《かんば》しくなかった。国語だけはまぁまぁだったが、算数や社会のテストはいつもビリに近い劣等生だった。だから、わたしは中学を出たら茂のあとを継いで靴の職人になるものだと思っていたし、茂のほうもそのつもりだったと思う。

しかし、ハツはしきりとわたしに高校進学をすすめてくれた。そこには、中学校の担任だった宮垣辰雄先生の後押しもあった。宮垣先生は、これからは高校ぐらいは出ていないとダメだと、何日もわが家に通って両親を説得してくれたのだった。父は最後までわたしを靴職人にしようとしていたが、ハツは宮垣先生といっしょに父にわたしを高校に行かせるようにと迫った。

「宮垣先生のいう通りや、誠《セイ》ちゃんは作文得意やし、絵を描くのだって上手な子や、高校に入ったらもっと頑張る子になるさかいになァ」

ハツは、東京下町育ちの江戸っ子の茂とはちがって、どこかぬくもりのある関西弁だったから、子のわたしにハツの言葉はよけいやわらかく聞こえた。

けっきょく、最後には茂も折れてくれて、わたしは新宿区内のK高校に通うようになった。

ハツの経歴をもう少しくわしくのべておくと（あとでわたしが調査した結果をのべると）、ハツと茂が出会ったのは、ハツが二十一歳、茂が二つ上の二十三歳のときで、当時ハツが若手浪曲家として舞台に上っていた女流浪曲師芙蓉軒麗花（その頃は香菊と名のった）の一座でだった。

茂は、明治三十四年八月十五日、神奈川県泰野市郊外の丹沢山麓で炭焼き業を営む留吉、ワカのあいだに長男として生まれ、その後両親は炭焼き業をやめて東京都向島町で居酒屋を開業、やがて月島に転居して店舗を拡張したが、翌年東京をおそった大型台風のために家作を流失、茂は月島尋常小学校を卒業後、十五歳で伯父のやっていた靴店に奉公に出る。しかし、十八歳のときにそこをとび出し、港区六本木にあった日本製靴株式会社の住みこみ職人として働くようになった。だが、そこでも同僚と喧嘩して解雇され、たまたま六本木と麻布十番坂のカドにあった旅回り専門の「大谷芸能」の社員になる。

そして、大正十二年九月に襲来した関東大震災によって「大谷芸能」の社屋が倒壊すると、茂は知己を頼って関西へむかった。そこで「大谷芸能」とは以前から親しかった芙蓉軒麗花一座にひろわれ、麗花さんの身の回りの世話係を担当するようになり、そこで日吉川秋水の孫娘にあたるハツと恋仲になって、翌年世帯をもつにいたるのである。結婚したとき、茂は主に一座の舞台制作の大工として働き、ハツは麗花さんの前座の人気若手浪曲師の一人だったという。麗花さんはとくにハツを寵愛していたので、二人の新婚生活は幸せだった。尼ヶ崎のハツの生家近くの神社で祝言をあげたときには、麗花夫妻が仲人役をひきうけた。

その後半年ぐらいして、茂、ハツは心機一転上京し、それまで貯えていた金を元手に世田谷明大前でウドン屋をひらく。明大前は麗花一座の古いパトロンだった資産家が、人気者のハツが浪曲をやめて東京に出るという話をきき、たまたま持っていた明治大学和泉校舎そばの小さな家作を安く貸してくれたのだという。しかし、その頃から日中戦争の影響で明大生も少なくなってきていて、ウドン屋はあんまり繁盛せず、ほんの一、二年で店を閉じてしまう。

つぎに二人は、ウドン屋を改造して、明大生相手の靴の修繕屋をはじめた。しばらくその道から離れていたとはいえ、靴の修理は茂にとっては昔とった杵ヅカだったから、自信があった。昔の職人仲間から使い古しの修理道具を分けてもらい、雨の日も風の日も若い学生の足もとに背を丸めて働く。運がむいてきたとすればそれからで、地道に二人して生活の基盤をつくり、やがて、靴店の二階を改築して二間の学生アパートを兼業するまでになる。

しかし、やがて太平洋戦争が勃発、父茂にも召集がきたが、茂は百四十センチにもみたぬ短身小躯の男だったから、あまりにも身長体重が足りないという理由で兵役免除となった。

世の中は一億総動員の戦火のなかにあったが、そのあいだにも靴修理の商売は順調にのび、しばらくは窪島茂、ハツ夫婦は平穏な生活をすごす（わたしが貰われてきたのはその頃である）。だが、それも束の間、昭和二十年四月十五日の山ノ手大空襲で明大前いちめんは瞬時に火の海となり、夫婦の虎ノ子だった靴店、アパートは無惨に焼き払われた。すべては、一家が茂のポン友だった洋服仕立て職人鶴岡正松さんの厚意で、鶴岡さんの郷里である宮城県石巻市に疎開しているあいだのことだった。

　わたしの幼い記憶の映写機が、カラカラと回りはじめるのは、家族で疎開先の石巻から東京に引き揚げてきた昭和二十年九月末（すなわち敗戦約一ヶ月半後）、草の根一本生えない焦土と化した明大前の焼け跡に、親子三人がボウ然と立ちつくしたつぎのようなシーンからである。

　自分らの家があったとおぼしき焼け跡に、三人でぼんやり佇んでいると、チリン、チリンと鈴を鳴らしながらムギワラ帽のアイスキャンディー屋が近づいてきた。

「ねぇ、キャンディー買ってよォ」

　わたしがせがむと、父親の茂は仕方なさそうに腰の布袋からガマ口を取り出して、アズキ入りのを一本買ってくれた。

　ところが、夢中でキャンディーをしゃぶっているうち、ポトリッと、キャンディーの大きな欠片が串から焼け土の上に落ちてしまった。アズキ入りのキャンディーは小芋のように地べたを転がり、たちまち朱い土つぶにまみれた。

「ギャー」

わたしは泣き出した。

すると、隣にいたハツがすかさずキャンディーを取り上げ、自分の口に入れてしゃぶり直してから、もう一どわたしの口に入れてくれた。わたしの口に、ふたたびとろけるような甘くて冷たいキャンディーの味がひろがる。

「どうだい、美味しいかい、誠《セイ》ちゃん」

ハツが細い眼をして、わたしの顔をのぞきこむ。

ふりそそぐ真夏の陽光、どこから甲州街道なのか住宅地なのかさえわからない、ローラーでなめしたみたいにひろがる焼け野原、ところどころにポッカリと口をあけた掘ぬき井戸の穴、まがりくねった鉛色の配水管、口のなかでとろける甘いキャンディー、幼いわたしの手をひいて立つ父と母、よくきく言葉だが、もしわたしに原風景というものがあったとしたら、親子三人で立ちすくんでいた昭和二十年九月の、あの明大前の焼け野原のけしきだったといっていいだろう。

いい忘れたが、ハツも茂とお似合いの小柄な女だった。百二、三十センチしかない背丈は茂とどっこいどっこいで、二人してならぶと文字通り「ノミの夫婦」のようだった。わたしは小学校時代から、二人が明大の校門の前にムシロをひろげ、、学生たちの足のあいだに首を入れて、犬のような格好で靴修理をしている姿をみるのがキライだった。ハツはいつも汚れた手拭いで頬かむりをして、化粧一つしていなかった。

しかし、ハツは顔だちは整っていて、ぬけるような白い肌をしていた。浪曲時代には金紫色の羽織ハカマを着て舞台に上り、「日吉川初子」という芸名で浪曲をうなっていたというハツは、小柄ではあったが愛くるしい眼元と顔をしていたから、さぞ現役の頃にはファンが多かったろうと思われた。

これはずっとあとになってのことだったが、妻の紀子がハツと銭湯に行って帰ってきたとき

「ハツおばあちゃん、綺麗な身体よ」

といったことがある。

何でもハツは、背丈こそチビだったが、乳房の形のいい均整のとれた、女がみてもホレボレするような身体だったという。

「あれはどうみても、子どもを生んだ身体にはみえないわ」

もうその頃は、紀子もわたしと同じように、わたしの出生をひそかに疑いはじめていたから、このハツの処女のような身体は、いっそう疑惑をふかめる一因となったのだった。

一番の疑念は、そんな「ノミの夫婦」のあいだに、どうしてわたしのような大男の子が生

まれたかということである。わたしは中学に入った頃から、すでに百七十センチをこえるノッポだった。運動は苦手だったが、身体だけは胸巾のひろい、やけにりっぱな体格の子に育っていた。茂やハツとならぶと、二人の顔はわたしの肩のずっと下にある。また、二人の顔はどちらかといえば卵形の小顔なのに、子どものわたしは幼い頃から頬骨の張ったウチワのような巨顔なのだ。これは変ではないか。

それと、もう一つ合点のゆかぬことがあった。

それは、わたしの記憶では、ハツは一ども茂やわたしの前で浪曲をうなったことがなかったからである。

そもそも、わたしが靴の修理職人である茂、ハツ夫婦が、じつは昔「芙蓉軒麗花」一座という旅回りの浪曲劇団に所属していたということを知ったのは、小学二、三年生になってからのことで、そのきっかけは家に送られてくる年賀状や暑中見舞のなかに「〇〇浪曲会」とか「〇〇三味線会」とかいう、一見してすぐにそうした業界とわかる差出人名が多かったからである。

ある日、ハツに

「お父さんやお母さんは、昔、浪曲をやっていたことがあるの?」

ときくと

「そうや、父さんとはその一座で知り合ったんや」

ハツはあっさりとこたえ
「あのじぶんはわてらも若うてなァ、麗花さんにあちこち旅させてもろうて、美味しいご馳走をぎょうさん招《よ》ばれたもんや」

ほんの一瞬だったが、遠い昔を懐しむような顔になった。

「じゃ、なんで浪曲をやめちゃったの？」

「そりゃ、父さんと結婚することになったからや。父さんが東京に出てうどん屋をやりたいいうさかいに」

「うどん屋？」

「そうや、ところが、たった一年でそのお店つぶしてしもうて……わては浪曲が好きやったから、最初から、うどん屋するのには反対しとったんやけどなァ」

ハツはいかにも口惜しそうに、口をとがらせるのだ。

ところが、わたしの知るかぎり、ハツは人前で一どとして浪曲をうなったことがなかった。

「浪曲が好きやった」というわりには、ふだん浪曲のロの字も口にすることはなかったのである。

わたしが小、中学生だった昭和二十年代終りから三、四十年頃にかけて、浪曲は全盛期をむかえていた。わが家でも夜がくると、電灯を消して親子三人が川の字にならべたフトンにもぐりこみ、柳行李を三つ重ねた上に置いた木製のラジオからながれる浪曲の放送をたのしんだ。『森の石松』や『清水次郎長伝』で有名な広沢虎造、『佐渡情話』の寿々木米若、『唄入り観音経』の三角博……今の人にはちんぷんかんぷんだろうが、わたしはスター浪曲家が美声でうなる浪花ブシに聞き惚れた。当然だが、茂やハツは関西派浪曲のほうが好きだったようで、酒井雲とか梅中軒鶯童とかいうシブイ声の浪曲家たちがゴヒイキだった。わたしが好きだったのは関東ブシの大御所東家浦太郎、ラジオで「火事と喧嘩は江戸の花……」という名調子がはじまると、頭のなかに江戸っ子庶民の暮しや、あでやかな腰元や、腰に刀をさした御武家さんの姿を思いうかべて胸をおどらせた。

あるとき、わたしが片コトで浪曲を口真似しているのをきいた茂が

「誠坊、おまえ、いい声しとる。浪花ブシやったらどうだ」

といったくらいである。

だが、そんなふうに一家じゅうが浪曲好きな家庭だったにもかかわらず、なぜか一どもハツの浪曲をきいたおぼえはなく（もちろんその頃はハツが浪曲師だったただなんて知らなかったのだが）、ハツが浪曲について話すのもきいたことがなかったのである。

そんなハツにくらべノーテンキだったのは茂のほうで、茂はよく明大の仕事場から帰ってくると、ハツが夕飯の支度をしているあいだ、土間のすみに胡座をかいてすわり、ご機嫌で浪曲をうなっていた。膝をゆすり、こめかみに青すじをうかべて、広沢虎造の「旅ゆけば…駿河の国に茶の香り…」とか、三角寛の「遠くチラチラ灯りがゆれる、あれは言問《こととい》…」とか

いったサビの部分を気持ちよさそうにうなるのである。

そんなとき、ハツはどんな態度をとっていたか。

ハツは茂が浪曲をうなりはじめても、ほとんど表情をかえることなく夕飯の仕度をしていた。茂のほうをみることもなかったし、茂の節にあわせて口を動かすことも、茂の浪曲の出来に「うまい」とか「へた」とかいった感想をはさむこともなかった。むしろわたしからみると、ハツは茂が浪曲をはじめると、どこか仏頂面というか不機嫌そうな顔つきになる気がした。ハツは夕飯のオカズが出来ると、わざわざ茂の浪曲をじゃまするように、ちゃぶ台の上に音をたてて茶碗や皿を置くのだった。

わたしは幼な心に、なぜハツがそんな態度をとるのか不可解だった。


その疑問は、わたしが三十をすぎた大人になってから解決されることになる。

あれは確か昭和四十五、六年の頃だったと思うのだが、わたしはその頃は浪曲界を引退し、大阪の鴻池新田に住んでおられた芙蓉軒麗花さんを訪ね、自分の出生時の事情についてあれこれお聞きしたのだが（その頃からわたしの自分の出自についての執ような調査がはじまっていた）、そのとき麗花さんが「ハツが浪曲をうならなかった理由」についてこう語ってくれたのである。

麗花さんは最初、

「へぇ、ハッちゃん、そんなだったかいの……、ウチにいるときは朝から晩まで浪曲の稽古しとってなァ。何しろ日吉川秋水一派の血を汲む娘やったさかい、節回しといい、声といい、浪曲の申し子みたいな娘《こ》やった。それが、誠ちゃんの前でいっぺんも浪曲うならなかったなんて、そりゃちょっと信じられへんなァ」

そういっていたのだが、わたしが

「ハッはぼくには、浪曲には未練があったといってました」

というと

「そうやろな、未練があったとすれば、茂《シゲ》さんよりハッちゃんのほうやろな。茂《シゲ》さんも浪曲好きやったけど、本業は裏方の大工のほうやった。それにくらべるとハッちゃんは、正真正銘の浪花ブシ語りや。ぽっちゃりした可愛い顔立ちでな、親子モノ、人情モノをやらしたら一座で右に出るものは居らんかった。お客さんにも大そう人気のある娘やったしなァ……」

何でも、その頃ハッが一番得意演目にしていたのが、叔父の日吉川秋水がオハコにしていた『藪井玄醫《げんい》』という浪曲だったそうで、この浪曲は、他家から預った子どもを手塩にかけて育てる盲目の僧侶玄醫と、やがて実の母と再会して玄醫のもとを去ってゆく子どもとの心情をえがいた物語だそうである。わたしはそれをきいて、それがあまりにハッの身の上を暗示した内容であることにドキリとしたのだが、麗花さんも同じ気持ちだったようなのだ。

「ウチにもようわからんけどな、何だか誠ちゃんが出来てから、ハッちゃんも少し変っていったようやった。ことによると、ハッちゃんは浪曲のなかに出てくる、親と子との別れとか、不憫な子を預って苦労して親が育てるなんて演目がキライになってしもうて、それで、あんたらの前では浪曲をうならなかったんとちゃうかな」

　麗花さんの話によると、わたしの登場もあまりに唐突だったというのだ。

「二人に子ができたいうのも、何だか急な話でなァ、あれは戦争がたけなわだった昭和十九年の夏頃だったやろか、ウチらが東京の浅草の小屋で興行しとるときに、とつぜんシゲさんとハッちゃんが着ぐるみにくるんだあんたを抱いてきたんや。これがわてらの授かった子やいうて、そりゃうれしそうにウチらに見せとったわ。誠ちゃんは可愛い子でなァ、それまでハッちゃんの胸に抱かれて、スヤスヤ寝とんたんやけど、舞台用の厚塗りの化粧をしたウチの顔みたら、ケラケラ笑うてなァ、そりゃ他人のウチが見ても可愛らしい子やった」

けれど、麗花さんには何となくハッの出産がフに落ちなかったという。

　まず第一に、茂、ハッ夫婦がわたしが生まれたといって、麗花さんのところへやってきたとき、どうみてもわたしはもう二歳をすぎた年齢になっていた。しかも、そのほんの半年ぐらい前に、ハツが尼ヶ崎の実家に行った帰りだといって麗花さん一座を訪ねてきたときには、ハツは「子が生まれる」などということはこれっぽっちも口に出さず、相変らず小さな身体でお腹はぺしゃんこだったという。そのハツが、一年も経たぬうちに茂といっしょに丸々とした誠一郎を麗花さんにみせにきたというのだから、麗花さんには俄かにハツの出産が信じられなかった。ニワトリの子じゃあるまいに、ハツはいつのまに身籠ったのだろう。

もう一つ不自然だったのは、わたしが麗花さんのところに連れてこられたとき、まだわたしの名前がきまっていなかったことだ。麗花さんがわたしを「誠ちゃん」とよんでいるのは、わたしが成人して三十歳にもなってからのことで、戦争中に茂とハツがわたしを抱いて麗花一座にきたときには、まだわたしは名無しの権兵衛だった。「どうしてこんなに大きくなるまで名を付けなかったんや」と夫婦にきくと、「わてらも靴の商売が繁盛して忙しかったさかい」と、わけのわからない言い訳をして麗花さんをケムに巻いたという。

「ウチはあのとき、ことによるとこの子は、だれかから貰われてきた子かもしれん思うてなァ。でも、あんたを抱きしめて何ども何ども頬ずりしているハッちゃんの姿みたら、あんまりそのことはきいちゃあかんような気がして……」

つまり、二人が「子どもができた」ということを、わたしを抱いて報告にきたとき、すでにわたしは二歳をすぎており、しかもその子にはまだ名が付けられていなかった。麗花さんも、そのことには何となく疑問を感じていたというのだ。

だが、根掘り葉掘り、わたしがしつこくその頃のことをきこうとすると、麗花さんはそれをさえぎるように、こんなふうにクギをさした。

「ま、誠ちゃんにしてみたら、自分の親のことやから、気にするないうてもそうはいかんと思うけどな、……だからといって、あんたがシゲさんたちの子やないという証拠はどこにもあらへんで。あのじぶんは戦争中で国じゅうがゴッタ返していたさかい、どこの役場もロクに窓口をあけておらんかった。それに、もともとハッちゃんは小柄な身体で、子ができても目立たなかったかもしれんしな、仕事がいそがしくて届けが遅れたことだって、満更ウソやないかもしれん。ともかく戦争中のことやったし、あの頃、子に名を付けないまま育てるなんて話はあちこちにあったもんや」

その後、わたしの出生調査はどんどんすすんで、色んなことがわかってくる。

とくに新事実がわかったのは、戦時中わたしたち家族を自分の生家のある宮城県石巻に疎開させてくれた、洋服仕立て職人の鶴岡正松さんの証言からだった。

鶴岡さんは窪島茂が明大和泉校舎前で靴の修理をやっていたとき、大学そばの「西尾洋服店」という店で働いていた人だったが、茂とは毎日のように将棋を指したり世間話したりする遊び仲間だった。その正松さんが、戦争が激しくなりはじめた昭和十九年の秋末、茂に「東京にいちゃあぶないから、茂さんたちも石巻にきたらいい」といってくれたのだ。鶴岡正松さんの誘いがなければ、わたしたち家族はあの昭和二十年三月の大空襲でとっくに戦災死していたかもしれない。

窪島一家にとって、そんな命の恩人だった正松さんは、わたしに「誠一郎」という名をつけてくれた名付け親でもあった。

何でもわたしは、茂、ハツに貰われてきたときには「水上凌《リョウ》」という名だったそうなのだが、ある日わたしを抱いてきた二人が
「凌ちゅうのは、何だか辛気臭くてイヤな名前やろ。正松さん、この子にとびきりいい名をつけてくれんか」

と頼んできたというのだ。

正松さんは、三日三晩頭をひねったすえ、その子に「誠一郎」という名を命名する。最初は「誠一」だったのだそうだが、店によくくる易者の先生にきいてみたら、「それじゃ字画が少なすぎる」といわれて、急きょ「郎」を加えて「誠一郎」に変えたのだという。

「誠一郎ちゅうのはいい名だよ。易断の先生が将来大出世まちがいなし、前途有望な名前だといってくれたからね」

正松さんはタイコ判を捺した。

その鶴岡正松さんが、戦後三十余年が経った昭和五十二年春、はるばる石巻市渡波村にある「鶴岡洋服店」を訪ねてきたわたしに語った話は、つぎのようなものだった。

「あれはいつ頃だったかなァ、夕方店でアイロン掛けしてたら、シゲさんが駈け足でやってきて家にきてくれというんだ。行ってみたら、学生帽かぶって明大の制服を着た色白の若い学生さんが、ちょっと年下のキレイな女性とすわっていて、その前でハツさんが真新しいワンピース姿で小さな赤ン坊を抱いてる。ワシはその光景をみて、ははん、シゲさんたちはと

うとう子どもを貰うことになったんだな、と思った。いつも口グセのように、自分たちにはもう子は出来んかもしれないから、いい縁があったらどこからか子どもを貰いうけたいっていっていたからね。だれの眼からみても、そこにすわっている若い学生さん夫婦があんたの親で、若い二人が養育に困ってシゲさん夫婦のところにあんたをみせにきた、と思ったんだ」

だから、「名前をつけてくれ」と夫婦が頼みにきたときにも、びっくりはしたけれど、ああ、これはあのときの子だなと思ったから、それ以上茂、ハツにはくわしいことはきかなかったのだという。

「今でも眼にうかぶのは、あんたを抱いているハツさんやシゲさんの喜びようだった。二人とも相好をくずして、心の芯から幸せそうな顔をしてた。とくにハツさんの喜びようったらなかった、眼に涙をうかべてあんたをあやしとった。ワシがボウ然と立ってると、シゲさんが寄ってきて、これでようやくハツを母親にすることができたって、嬉しそうに耳元で囁いていたのを思い出すよ。どちらに非があったかしらんが、二人は本当に子どもが欲しかったんだと思う。ワシは他人事ながら、ああ良かった、良かった。この子は二人のためにも、学生さん夫婦のためにも、ここに貰われてきて良かったんだと思った。この子は、シゲさんやハツさんにとって、天から舞い降りてきた天使なんじゃないかと、胸をあつくしたものだ」

温厚な丸い顔をほころばせ、ときどき唇をかみしめて話す正松さん（どこか茂の風貌に似ていた）の前で、わたしはただうちのめされたように首を垂れていた。

正松さんの話をきくわたしの頭のなかに、幼い頃の記憶にあるハツの姿がうかんだ。

小、中学校を通じてあんまり成績のよくなかったわたしは、いつもビリケツの通信簿をかかえて家に帰り、そのたびに茂からはこっぴどく叱られたが、そんなときもハツだけは「泣かんでもええ、泣かんでもええ、このつぎがんばりゃええんやから」と、わたしの軍艦頭を撫でてくれた。運動が大の苦手だったわたしが、やはり運動会の徒競走でビリになって帰ってくると、かならずハツは、家の近くの商店街通りまで迎えにきていた。わたしは遠くからハツの白い割烹着をみつけると、もう涙がとまらなくなって、ワンワン泣きながら走ってハツの割烹着の胸にとびこんだ。「ええんやで、ええんやで、このつぎがんばりゃいいんやで」、小さなハツは背丈の大きなわたしにつきとばされそうになりながら、わたしをやさしくつよく抱きしめてくれたのだ。ああそうだった、そうだった、ハツはそんな母親だった。自分はハツにとって、正松さんのいうように天使のように大切な存在だったのだ、とわたしは思った。

そうして、こうも思った。

何年か前に訪ねた大阪の芙蓉軒麗花さんもそうだったし、今回の鶴岡正松さんもそうだったが、わたしが自分の出生調査のために訪ねたすべての人が、ハツを何となく擁護していた。どこかで、ハツをそっとかばっていた。わたしの出生については疑問を持ちながらも、「ハツさんはあんたの本当の母親だよ」といって、ハツの小さな身体を労っているのだった。

わたしが長い長い探索行のすえ、ついに自分の真実の親の存在をつきとめたのは、昭和五十二年六月、わたしが三十五歳六ヶ月になったときである。

わたしは石巻の鶴岡正松さんを訪問後、正松さんが「あの人が誠ちゃんの親じゃないか」と教えてくれた明治大学法学部の学生で、昭和二十年フィリピンで戦死した山下義正さんについての調査を開始、山下さんの郷里静岡県磐田市にご健在だったご両親の口から、「あなたと義正はまったく似ていない。親の自分たちもそんなことをきいていないし、義正の子であるというのは間違いではないか。ことによるとあなたは、義正がどなたから預かって、窪島さんご夫婦に仲介したお子さんなのでは」という証言を得る。

そして、わたしはその足で、近くの富士宮市に住まわれていた故山下義正さんの奥さんの静香さんと対面し

「あなたの本当のお父さん、お母さんは他にいるんですよ、その人の名はね……」

と明かされるのである。

その父親の名が、当時すでに直木賞を受賞、文壇で売れに売れていた人気作家水上勉だったものだから、さあ大変、ほんの一、二ヶ月でマスコミに広く知れ渡ることになり、それまで貧乏な靴修理職人の子だったわたしが、とつぜん新聞や週刊誌のトップを飾る「有名作家の坊ちゃん」となる。といっても、わたしは窪島茂、ハツ夫婦のもとに、れっきとした実子

として入籍されている子だったから、べつに水上勉氏から一銭たりとも援助をうける身分ではなかったのだが、とにかくわたしを見る世間の眼は一変した。当時東京渋谷明治通りで小さな画廊を経営していたわたしのモトには、あちこちから原稿を書いてくれだの、本を出さないかだのといった注文が殺到し、ときとして講演の依頼までが舞いこむようになった。

やがてわたしは信州上田に、それまでコレクションしていた夭折画家たちの絵を展示する小さな私設美術館を開設し、何冊か美術関係の本を出版するまでにいたるのだが、それだってどこかに、わたしが「有名作家の子」であるという信用が手伝っての僥倖だったといえるだろう。

しかしいっぽうで、わたしはそうまでして真実の親を追いもとめた自分のエゴを責めぬわけにはゆかなかった。その思いは、マスコミが「奇跡の再会」を伝え、世間の人々が、わたしの戦後何十年もにわたる執念の「親さがし」を讃えれば讃えるほどふかまった。いくら己の本当の出自を知りたかったとはいえ、茂やハツの「親心」をふみにじり、まるで熱にでもうかされたように全国を訪ねあるき、実の父や母の所在をつきとめようとした自分の行動は、果たして正しかったのかどうか、いったいそれほどまでに、自分をつき動かしたものは何だったのだろう。それはやはり、わたしと生父母をむすぶ「血」というものの仕業だったのか。

だいたい、いざこうやって実際の父親（しかも超有名人の！）と再会してみると、心のなかにこれまでとはまったくちがった孤独の風が吹くのを感じた。それは、何ともいえない虚しい感情だった。周りから「良かったですね」「苦労が実りましたね」などという祝福をうければうけるほど、わたしは何か、自分が取り返しのつかない罪をおかした人間に思えてきたのである。

忘れられない光景がある。

それは、わたしと水上勉氏の「奇跡の再会」が朝日新聞全国紙朝刊の一面で報道されて二、三日した朝のこと、わたしが世田谷の自宅の二階の自室から下の洗面所へおりていったとき、ふと茂とハツが起居する六畳間をのぞくと、二人は座敷のすみにひっそりと肩を寄せあって庭をみていた。夫婦ともとうに七十をすぎていて、普通人の半分くらいしかない老いた二人の身体が、いつもよりもっと小さくみえ、黙って二人ならんでむこうをみている後ろ姿が、庭からさしこむ淡い陽射しをうけて、黒いシルエットになっている。わたしはツラクなって、二人の背中から眼をそらした。

それいらい、二人は眼にみえて衰えていったようだった。わたしと父の再会事件が世間に知れわたってからというもの、茂やハツは、ほとんど外に出ることがなくなり、それまで仲の良かった近所の中村さんや清水さんとも付き合わなくなった。いつも日課のようにやっていた植木鉢の水やりも怠たるようになった。新聞もあまり読んでいなかった二人が、どれほどのことを知っていたかはわからないが、近所の人の口さがない言葉は自然に耳に入ってきていただろう。そうした人々の眼には、茂、ハツは「長年子どもに真実を伝えなかったヒドイ親」であり、「その嘘を子にあばかれた愚かな親」なのだった。

とくにハツの憔悴ぶりは目立った。ふっくらとしていた頬が落ち、口がクルミのようにしぼみ、めっきり白髪が多くなった。一どわたしが何かで声をかけたときには、檻の隅に追いやられた鳩のように身体をふるわせていた。

昭和五十四年六月、わたしが信州上田に美術館をつくって一人暮しするようになってからは、妻の紀子がときどき茂とハツの近況を伝えてきたが
「あんなふうじゃ、お爺ちゃんよりお婆ちゃんのほうが早いかもね。好きな焼き魚もって行っても、半分も手をつけてくれないんだもの」

紀子は電話口でいった。

水上勉と出会って、ウキウキしているのはわたしだけで、東京の窪島家は意気消沈していた。


わたしは生父と再会した約一ヶ月後に、生母の加瀬益子とも再会した。父との新聞記事をみて、益子は自分のほうから名のり出てきたのである。このことは、何冊もの本にも書いたので、ここではくわしくふれないけれども、要するにわたしは、僅か一ヶ月のあいだに生父、生母と立てつづけに対面することになったのである。

加瀬益子は、戦時中の女性としては大柄な、フチ無しの眼鏡をかけた利発そうなふんいき

の人だった。益子はわたしと水上勉との再会を新聞で知り、矢も楯もたまらなくなってわたしを明大前の仕事場に訪ねてきたのだが、おかしなことに、わたしは生母との再会には、水上勉に会ったときほどの感激も感動もおぼえなかった。

「ごめんね、リョウちゃん、お母さんを許してね、お母さんが悪かったの……」

そういって泣き崩れる益子を前にして、わたしはどうしていいかわからず、ただ益子の肩を両手でささえていた。益子はしゃくりあげながら、しきりとわたしの身体に触わりたがった。わたしにすがりつきながら、わたしの頬や鼻あたりに手をのばし、やたらと撫でまわすのである。わたしは何か、自分が一昔前の母モノ映画の一場面に出ているような変な気分になった。

何より、益子のよぶ「リョウ（凌）ちゃん」という名が、何か遠い見知らぬ子の名のようにきこえる。「凌」とはわたしが「誠一郎」になる前の名である。わたしは自分が生父母をさがしもとめてきた二十数年間、生母の益子もまた、心のなかでずっと「瞼の凌ちゃん」を追いもとめてきたのだろうか。ことによると、益子が追ってきた「凌ちゃん」は、今のわたしとは何の関係もない、べつの子どもだったのではないかと思った。

わたしと加瀬益子との邂逅は、ほどなく茂、ハツ夫婦の知るところとなる。もちろん妻は、日頃からそういう話題を二人の前では一切口にすることはなかったのだが、まだ五歳になったばかりの長女の美弦《みつる》が、妻とわたしがかわしている益子との対面の話をそばできいていて、

「お父さんにもう一人お母さんができたんだって」とハツに伝えてしまったのである。

信州に住んでいるわたしは、ハツが自殺してしまうのではないかと心配したが、

「お婆ちゃん、最近少し認知症のケがでてきたみたいだから、それほどショックはうけてないんじゃないかしら」

という紀子の言葉をきいて、ちょっと安心した。

紀子はこうつづけた。

「けどね、ハツお婆ちゃんは、いくらボケたってあなたのことは忘れないわ。忘れないどころか、今もあなたを正真正銘の自分の子どもだと思ってるもの。益子さんが出てこようと出てこまいと、お婆ちゃんはビクともしないと思うの。だって心の底から、本気であなたを自分の子だと思ってるんだから。水上さんと会ってから元気なくしたみたいにみえるのは、あなたが水上さんにばかり懐《なつ》いて、東京の家にちっとも帰ってこなくなったからよ。ただ、寂しいだけなの。何どもいうけど、あなたはハツお婆ちゃんにとって、永久にハツの子誠一郎なのよ。お爺ちゃんは男だから、どう考えているかしらないけど、少なくとも窪島ハツという女性は、あなたを実際に自分のお腹から出た子だと信じて疑ってないわ。これからも、それはずっと変わらないと思う」

わたしはきいていて、妻の見立て通りだろうと思った。

わたしと水上勉の報道があって数日が経ったあの日、茂とならんで六畳間にすわり、しょ

んぼり庭をみていたハツの小さな背中がうかんだ。あの姿をみたとき、わたしはハツが哀しみの底にあると思ったものだが、じつはハツはあのとき、「なぜ自分の子がとつぜん自分の手から遠去かってゆくのか」「なぜ誠一郎は変わってしまったのか」という疑問を頭のなかで反芻していたのではないかと思った。あの、幼い頃自分の膝に頭痛《あたまいた》の頭をこすりつけていた誠一郎、運動会の帰りにハツの割烹着に泣きながらとびこんできた誠一郎、ハツが炊いた誕生日のグリンピースご飯を、うれしそうに頬張っていた誠一郎。あの可愛い私の誠一郎はどこへ行ってしまったのだろう。ハツは、わが子のあまりの豹変ぶりが理解できずに、ボウ然自失していたのではないだろうか。

わたしはふと、いつか芙蓉軒麗花さんからきいた、浪曲師時代にハツがオハコにしていた『藪井玄醫』という浪曲のことを思い出していた。実際に聴いたことはなかったが、その浪曲は、他家から預かった子を盲目の僧侶が育て、やがて真の母親を知った子が僧侶から離れてゆくという物語である。恩ある親に背をむけ、ふりかえりもせず去ってゆくわが子を見送りながら、のたうつような孤独と悲哀におそわれる僧侶玄醫。

ハツはあのとき心のなかで、かつて得意としていた浪速ブシ『藪井玄醫』を、身をよじるようにしてうなっていたのではないかと想像して、胸がつまった。

窪島ハツが亡くなったのは、昭和六十年八月五日の朝のことである。

二年ほど前から入院していた東京上北沢の「ロイヤル病院」という老人専門病院のベッドで、八十二歳二ヶ月の生涯を終えた。

ハツはわたしが水商売で蓄財して建てた世田谷成城町九丁目の家の六畳間で、ひっそりと茂と老後をおくっていたが、七十歳代の終わりあたりから徐々に認知症がすすみ、二どほど食道の病気にかかって手術したあと、急速に体力が衰えた。それまで家でハツを看ていた紀子は、最後までハツを入院させることには反対だったのだが、同じように老いが進行し徘徊癖がはじまっていた茂の介護や、まだ手のかかる二人の子の世話を考えると、いつまでもそんなことはいっていられない。さんざん迷ったすえ、知人の紹介で「ロイヤル病院」に預けたのだが、それからまもなく、ハツはほとんど起き上ることができない状態になった。

上北沢は妻と子の住む成城に近い京王線仙川駅から四駅ほどのところだったから、紀子は毎日のように「ロイヤル病院」には顔を出していた。病院で出される食事だけでは可哀想だといって、ホウレン草のおひたしや煮豆をパックにつめて持って行ったりしていた。しかし、たまたま所用でくるのがおそくなった八月五日の朝、看護師がちょっと眼を離したスキに病院食のカユを喉につまらせて死んだのである。

晩年のハツには、まだ軽度だったが、アルツハイマーの一症状である異物過食症（置いてあるスリッパやティッシュの箱まで食べようとする）が出ていて、夜中に這うようにベッドから降り、床に落ちているモノを手当りしだいに口に運ぶことがあったという。だから、紀子が付き添っていないときには、六人部屋の隅のベッドにハツは紐でくくりつけられる日があった。わたしも何どか「ロイヤル病院」に行ったとき、ベッドのはじの棒に縛りつけられた患者たちの姿をみて息をのんだものだが、ハツはそんな拘束患者の一人になっていたのだ。

これはハツがそんな状態になる少し前のことだが、一つだけ心にのこっている出来ごとがある。

ある日、紀子が

「大変、ハツお婆ちゃんがねぇ」

昂奮したように、信州に報告してきた。

「聞いて。お婆ちゃんがねぇ、浪花ブシをうなったのよ」

「え？　浪花ブシを？　本当か？」

昨日病院で、紀子が食事のときにハツの半身を抱きおこすと、紀子の腕につかまったまま急に顔をあげ、ハッキリとした声で浪曲をうなりはじめたというのだ。

紀子はあまり浪曲にはくわしくなかったので、正確には何をうなっているのかわからなかったのだが、それは「ツマはオットをいたわりつ…オットはツマを」とか何とかいう文句で、ハツは時々眼をつぶりながら、少し高音の澄んだ声で気持ちよさそうにうなっていたという。

「ツマは何とかオットは何とか」ときいて、わたしは昔、浪花亭綾太郎という浪曲家がうなっていた『壷坂霊験記』を思い出した。小学生の頃、浪花亭綾太郎は浪曲界のトップスターとして君臨していた人で、しょっちゅうラジオからながれていたのが『壷坂霊験記』だった。ウロ覚えだったが、『壷坂霊験記』の出だしはこうだ。

妻は夫をいたわりつ
夫は妻を慕いつつ
頃は六月　中の頃
夏とはいえど　片田舎
木立ちの森の　いと涼し…

「へぇ、お婆ちゃんが、浪花ブシをねぇ……」

わたしは受話器をにぎりしめた。

妻の話によると、ハツが『壷坂霊験記』をうなったのはほんの短い時間で、一節か二節うなったあと、ハツはまたぐったりと身体を横たえたのだそうである。

痩せても枯れても、ハツは関西の祭文語りの大御所、日吉川秋水の血をひく女である。若い頃はあでやかな羽織ハカマに身をつつみ、「日吉川初子」の芸名で舞台に立っていた花形浪曲師だった。いつか麗花さんから見せてもらった「大日本浪曲真打人気競」という浪曲家の番附表の、前頭十八枚目の欄に墨くろぐろと「日吉川初子」の名があったのを思い出す。そのハツが、もう自由のきかなくなった身体で老人病院のベッドに横たわりながら、紀子の腕にすがって浪曲をうなったというのだ。ああ、ハツの浪曲を聴きたかったとわたしは思った。幼い頃からわたしの前ではうなってくれなかったハツの浪曲を、自分の耳で一どでいいから聴いてみたかった。美術館などつくって信州に引っこんでさえいなければ、ふつうの子のように母のそばにいてさえあげれば、自分もその声が聴けたのにと思った。

そして、こうも思った。

死の直前に、浪曲師「日吉川初子」がうなった浪曲が、あの親子の離別をテーマにした『藪井玄醫』ではなく、市井の平凡な一夫婦の情愛をうたった『壷坂霊験記』であったことに、何か心のほどけるような安堵感をおぼえた。ハツは最後までわたしの前では浪曲をうならず、たった一ど妻の前で、遺言のように「夫婦」の浪曲をうなって死んだ。それはべつに、ハツが特別な意図をもってとった行動ではなかったろう。もう相当ボケていたハツには、浪曲をうなったという意識さえなかったかもしれない。しかしそこには、一人の女の一本スジを通した人生の潔さがあったと思う。終戦直後の焼け野原から、夫の茂とともに米つきバッタのように働きぬいて貰い子のわたしを育てあげた、一人の明治女の衿持があったと思う。

わたしが、浪曲師「日吉川初子」——窪島ハツの真実の姿にふれた気がしたのはそのときだった。

養父の章

養母ハツの章でもふれているけれど、わたしの養父窪島茂は明治三十四年八月十五日に、神奈川県秦野市丹沢で炭焼き業を営んでいた留吉、ワカのあいだに生まれた男で、のちに月島に転居して居酒屋をはじめた両親に育てられ、月島尋常小学校を卒業してすぐ、伯父久保仙太郎（母ワカのイトコ）のやっていた靴店に奉公、その後港区六本木にあった日本製靴株式会社に入って職人としてつとめるようになった。

が、まもなくそこも飛び出し、麻布十番にあった興行会社「大谷芸能」に就職、諸地を転々するうち関西の女流浪曲師芙蓉軒麗花の一座にひろわれ、最初は座長麗花の身の回り係を担当していたが、やがて舞台の裏方大工に転向、その頃同じ一座の人気浪曲師だったハツと出合って結婚するのである。

もちろん、わたしの知る茂は、東京世田谷明大前で学生相手の靴修理業になってからのものだが、どちらかといえばのんびり屋のハツにくらべるとひどく短気な男で、明大の仕事場から帰るとよくハツと喧嘩していたのをおぼえている。幼いわたしには、その原因はわからなかったが、口数が少なく温和しいハツにむかって、始終ガミガミ怒鳴り散らしていたのは茂だった。

そうした夫婦喧嘩の大半は、三度の食事のオカズにも窮していた貧しい生活に起因するものだったろう。薄暗いヤブレ畳の三畳間は、親子三人がお膳をかこむのが精いっぱいというほどの狭さで、夜になると父と母は半身を押し入れのなかに入れて寝んでいた。食事時になると、わたしは明大の校門前の玉川上水路の土手に行って、そこに生えているシソをとってきた。シソに塩を一つまみふると、立派なオカズの一品になったからだ。そんなドン底暮しだったから、茂もハツも気が立っていて、ささいなことから喧嘩になったのだろうと思う。

茂はよく夕食のときなど、いかに戦争前の自分の靴店が立派なものだったかを自慢した。昭和二十年四月の空襲で焼け出される前の窪島靴店は、明治大学和泉校舎の前の甲州街道にめんした一等地に、間口四間ほどの店舗をでんと構え、二階は三部屋もある明大生専門の下宿になっていたという。茂は「あの頃はよかった」「あの頃はよかった」と、当時二階に住んでいた学生たちとの思い出話や、どれほどその頃の商売が繁盛したかを誇らしげに語るのだった。

人一倍背が低く痩せた体格だった茂は、徴兵検査の丙種にも落ち、戦争に征《ゆ》かずにすんだ男だった。その点でも、本人は何となく世間に肩身のせまい思いをもっていたろうし、是が非でも商売で成功して一旗あげたいという気持ちがあったにちがいない。ハツと結婚後、浪曲一座を離れて夫婦して上京、うどん屋をひらいたり、靴屋に転業したりしたのも、そんな茂の野心の表われだったろうと思う。しかし、そうした希望もあの空襲によって根こそぎ吹きとばされ、今では知人に頼みこんで明治大学和泉校舎の校門前に一畳ほどのムシロを敷かせてもらい、そこで一日じゅう若い学生の足モトにしゃがんで、僅かな靴磨きや修繕の収入で糊口をしのいでいるのである。

校門前にムシロ一枚敷いているだけなのに、靴直しで学生から貰う金の半分を、明大の生活協同組合という組織に納めなければならなかったのも貧困に拍車をかけた。二十円の靴磨きの手間賃が十円、三十円の鋲うちが十五円、半張り（靴底の張り替え）代の三百円が百五十円になってしまう。何より、明治大学和泉校舎はお茶の水の本校とくらべて、やたらと休みになるのがつらかった。和泉校舎に通ってくるのは、いわゆる教養学部の一、二年生だけで、週三、四日くらいしか授業がなく、そこに一年の三分の一を占める夏季休暇、正月休暇、春休み、試験休暇、学園紛争のロックアウトや授業放棄などが重なると、茂、ハツ夫婦が校門で働く日はほんの数ヶ月となり、あとは無収入の失業者になってしまうのである。

それでなくとも、昭和三十年代半ばあたりから、靴の修理業そのものが成り立たない時代がきていた。それまで一足の革靴を一生モノとして大事に履き、穴があいたり綻《ほころび》ができたりすれば、そのたびに修繕していた学生たちも、新宿あたりの靴店で安い既製品のビニール靴を買うようになって、茂のところへ靴をもってくる客はしだいに少なくなってきた。茂は最初のうちは、わたしを靴修理の職人にさせようとしていたらしく、幼い頃からずっと「中学出たら父さんの仕事手伝うんだぞ。しっかり父さんが教えてやるからな」といっていたのだが、いつのまにかそのことも口にしなくなった。

「こんなご時勢じゃ、靴の修理なんて稼業は、もうはやらんのかもしれんなァ。誠《セイ》ボウを職人にしたって、とても食ってはゆけんだろう」

時々茂は、ハツにそんなグチをこぼした。

子どもの眼からみても、窪島茂は「不運のカタマリ」のような人間にみえた。一定の給料が保証されていた麗花一座をやめ、売れっ子だったハツを連れて上京しようと考えた決断も甘かったし、ロクに修行も積んでいないうどん屋をひらいて失敗、跡地に靴店を開業して一時は繁盛したものの、一、二年後には空襲によって何もかもを失なってしまう。すべてが戦争のせいといってしまえばそれまでだったが、何だか窪島茂という人間そのものに、そうした不幸を招きよせる性分があるような気がしてならない。

身体が並外れて小さいということもそうで、茂の背丈は子のわたしの腰くらいまでしかなかった。靴クズのついたオンボロの前掛けをした父親の姿は、わたしと並ぶとよけいにみすぼらしくみえる。わたしは小学校を出たときに、すでに百七十センチを超える大男になっていたから、なおさら周りの眼をひくのだった。

そんなコビトのような身体にムチうち、朝から晩まで明大和泉校舎で靴修理をしている茂は、どうみても「人生の敗北者」にみえた。ツキや運にすっかり見放された男にみえた。終戦直前の東京空襲で家や家財を奪われ、そこから必死に立ち上がろうとするのだが、だんだん靴の商売も先細ってきて、文字通り「働けど働けどラクにならざる」日々から脱出できずにいるのである。

だが、茂は短気で癇癪もちではあったけれど、どこかお人好しというか、人から何か頼まれると断われない優しい面をもっていた。暮しが良かった頃は、困った職人仲間に材料代を融通してあげたり、戦前「窪島靴店」の二階が学生下宿だった頃には、地方から出てきていた学生の仕送りが遅れたりすると、「郷里《くに》の親御さんだって大変なんだ。家賃は仕送りがきてからでいいんだから」といい、階下でハツが鍋モノをつくったりしたときには、腹を空かせた学生たちをよんでふるまったりしていたという。

だから、戦後少し世の中が落ち着いてくると、夫婦の生活を案じてあちこちから昔の下宿人が訪ねてきた。盆暮れには、かれらの郷里で獲れたミカンやリンゴがとどいた。わたしはそのうちの吉田さん（群馬県で運送会社の社長になっていた）や、中川さん（静岡で果樹園を営んでいた）たちから、よく「おじさんおばさんを大事にしなけりゃいけないよ」と頭を撫でられ、時々お小遣いまでもらった。明大ラクビー部のキャプテンだった中川さんは、在学中にはよく茂にラクビーに使うプロテクターやスパイクを修繕してもらっていたそうで、「おじさんはいつも代金を大負けしてくれたんだ」といってわらっていた。茂やハツととくに昵懇だった中川さんは、ことによると、わたしがどこからか貰われてきた子であることぐらいはきいていたかもしれない。

もう一つ記憶にあるのは、カマキリのように痩せている茂だったが、意外にも「柔道二段」の腕前だったことだ。家にあった古いアルバムに、まだ二十歳ぐらいだった茂が白い柔道着を着ている写真があり、じっさい、相撲をとると茂は強かった。わたしが小学校の高学年になった頃、よく学校から帰ってくると裏の路地に出て相撲をとったものだが、わたしはあっというまに茂に投げとばされた。身体が小さいぶん、茂は運動神経がよく動きが敏捷で素走っこいのだ。

柔道をどこで習ったの?ときくと

「爺さんが丹沢で柔道の師範だったからね、お父さんも爺さんにみっちり仕込まれたんだ」

茂は得意そうに鼻をうごめかした。

茂は将棋も強かった。時々将棋好きな甲州街道ぞいの石崎石材店の石崎社長がやってきて、わがバラック家の前に縁台を出して将棋盤をはさむのだが、たいてい茂のほうが勝った。石崎社長は近所でも有名な資産家で、いつもお抱えの運転手がついているような社長さんだったのだが、将棋となると茂に頭が上がらなかった。茂はふだんは近づけないような大金持ちの石崎社長を、グウの根も出ないほどこてんぱんにやっつけてしまう。石崎社長はいつも将棋を指すときには、わたしの大好きなサイダーを一本提げてきてくれた。わたしはサイダーをもってきてくれる社長さんが、毎回スゴスゴと帰ってゆく姿をみて、何だか気の毒になった。

今思うと、柔道といい将棋といい、茂は相当勝負ゴトの好きな男だったんじゃないかと思う。

昭和三十年代の初め頃だったか、茂と仲の良い甲州街道をはさんだ真向いの「島崎タバコ店」が、学生たちをねらって隣にパチンコ屋を開業したときには、茂はたちまちそこの常連になった。茂はパチンコの才能もあったらしく、そのうち景品の菓子や煙草を山ほどかかえて帰ってくるようになる。茂は一ど負けて帰ってくると、つぎからは店のパチンコ台のクギの特徴や傾き具合を入念に一台一台調べあげ、二どと同じ過ちをおかさない用心深さをもっているのだった。

わたしは、その茂の勝負ゴトへの執念というか集中力が、もう少し本業の靴屋のほうで生かせなかったものかと思ったりした。

では、そうした父親の茂を、子のわたしが好きだったかといえば好きではなかった。毎日身を粉にして働く茂に感謝していないわけではなかったが、心の底から茂を敬愛する気持ちにはなれなかった。

まず第一に、茂の生活をみていると、家族の将来にちっとも希望がもてないのだ。明大の組合に上前をはねられながら今の靴修理をつづけても、家の暮しが良くなる見通しはなかったし、それは何も茂一人の責任ではなかったのだが、茂には将来もう一ど店をもちたいとか、何か別の職業に転じて再スタートをきりたいとかいう意欲がちっとも感じられない。口には出さなかったが、茂はもういくら働いても稼ぎがふえる可能性はないだろうし、どうせ自分は貧しい靴職人で一生を終わるように運命づけられているのだからといった、どこか諦めのような気持ちを抱いているのだった。わたしはそんな茂の後ろ向きな、何となく捨てバチのような生き方がイヤだった。

そんな窪島家にとって唯一の期待の星といえば、養子にむかえたわたしという子だったはずだが、そのわたしに対する茂の態度はどことなく冷めたかった。わたしは中学を出たとき、担任の宮垣辰雄先生の熱心な勧めもあって、都内の比較的偏差値の高い私立高校にすすんだのだが、最後まで茂はわたしの進学にはいい顔をしなかった。「これからの時代は高校ぐらいは出ておかんと」というハツの進言にも、「そりゃそうだが、ウチの経済じゃとてもムリだ」の一点張りだった。茂は最初、わたしを同じ靴職人に仕立てようと考えていたらしいのだが、その肝心の商売の先き行きに希望がもてなくなってくると、中学を卒業したらどこかの町工場にでもわたしを就職させ、いくらかでも家に金を入れてもらいたいという考えに変わってきていた。ハツのほうは、宮垣先生に「誠一郎君には絵や詩を書く才能があるから」といわれて眼を細め、せめて誠一郎には高校教育をと茂に頭を下げるのだが、茂はなかなかうなづこうとしない。

「そんな雲をつかむようなモンで身を立てられるわけがないだろ。誠一郎が三文絵描きにでもなったら、もうウチの家は終わりだ」

茂はハツに吐き捨てるようにいった。

わたしが父親の茂を嫌いだったのは、父がそんなふうに自分の将来をちっとも心配してくれなかったからでもある。父には母のハツにあるような献身的な愛情が感じられなかった。中学に入る頃までは、いっしょに銭湯で背中を流し合ったり、路地で相撲をとったり、浪曲や歌謡曲を替りばんこに真似し合ったりしたものだが、わたしは幼い頃から何となく茂には馴じめなかった。食膳にむかっているとき、いつも立て膝で飯を食べるクセや、茶を飲むとき口にふくんでグチュグチュする習慣や、新聞一つ読まずパチンコばかりやっている教養の無さもイヤだった。この人は自分の本当の父親ではない、いや父親であってほしくないという感情が、幼い頃からわたしの心の底にはあったのだ。

ただ、ふしぎだったのは、茂にとってわたしは「貰い子」であったにもかかわらず、わたしに対していかにも真実の父子であるような物言いをしていたことである。

たとえば、茂はわたしがラジオからながれる浪曲を真似しているのをきいて、「ほう、誠一郎の声は浪花ブシむきだな。やっぱりワシの血をひいたんかな」とか、「眼モトは母さんだが、口のあたりは若い頃のワシにそっくりだ」とか平然という。また、わたしが運動会でビリになって帰ってくるのをみて、「どうして父さんに似なかったんかな。ワシは月島の小学校では一番駆けっこが速かったのに」などと、心底自分の才能をうけついでいなくて残念だといった顔をするのだ。その顔は、なぜこの子には自分の運動神経が遺伝しなかったんだろうと、本気でふしぎがっている表情なのである。

しかし、茂はハツと同様、わたしが他家から貰われてきた子であることをじゅうぶんに認識していたはずである。認識どころか、それは寝ても醒めてもかれらの頭をはなれなかったことのはずである。しかも茂とハツは、一生を賭けてわたしにそのことを隠し通してきたのである。わが子に真実を伝えようとしなかったのである。ことによると茂は（ハツもだが）、そうやって本当の親を演じているうちに、演技と現実とがごちゃまぜになって、どちらが真実かわからなくなっていたのではあるまいか。

わたしが茂のもつ表と裏、一種の「二重性」に気づきはじめたのは、やはりあの、台所の隅に吊るされていた「誠チャンにかかった生活費」というメモ帖を発見してからである。冒頭の「親という存在」にも少し書いたように、それはわたしが小学校四年か五年だった頃、夫婦が学校に払っていた給食費、ＰＴＡ会費、文房具費、あるいは日々の食費やオヤツ代などの額を、支払い日ごとに書きとめたノートだった。わたしはあのときのショックを今も忘れていない。

先にのべたように、このメモは別に茂やハツが悪意をもって書いたものではなかったろうと思う。わたしの養育に一生懸命だった親たちは、その熱心さゆえの行動の一つとして、何気なく「誠一郎にかかった生活費」を記録していたのにちがいない。だが、幼いわたしには、それが何か、自分という子に対する親の打算というか、自分たちがどれだけこの子のために金をそそいでいるかをしめす、いってみれば「誠一郎の原価」を記録した計算表にみえたのである。

そのときはわからなかったが、わたしはその後、何回もそのメモのことを思い出すうちに、あれは茂の命令でハツが書かされていたのではないかと推測するようになった。というのは、食事のときになど茂がハツにむかって、「今日のパン代は付けたのか」とか「今度の父兄会費も忘れちゃいかんよ」とか、ハツにわたしの養育に関する出費をいちいち念押ししていたのをおぼえているからである。すると、そのたびにハツは立ち上って、台所の隅にぶるさがっている黒く薄汚れた表紙の小さな張面に、短い鉛筆をなめながら何かを記入する。わたしは幼い頃から日常的にみているその光景が、まさか自分の養育費にかかわるものだとは知らず、ただぼんやりと眺めていただけだったのだが。

成長するにつれて、だんだん色々なことがわかってくる。

メモされている「PTA百圓也」「紙参拾圓也」「ボウシ七拾圓也」「ハチマキ弐拾圓也」という文字は、いかにもか細い女文字で、それは明らかにハツが書いたのにまちがいないのだが、どこか気持ちのこもっていない文字にみえた。それは、ハツがメモを書くことに、あまり積極的でなかったことを表わしている気がした。しかし、三分の一ぐらいの割合で登場する茂の文字は、どれもがしっかりした骨格の文字だった。カナ釘流のヘタな字だったが、「食パン一斤」とか「フデバコ一個」とか「コメ半升」とか書かれた文字は太く、鉛筆の色も濃かった。

このメモを書いた（書かせた）主犯は父の茂で、ハツはそれに従って書いていただけなのだとわたしは思った。

もっともそれは、わたしの母ビイキ、父ギライがもたらした偏った見方といえたかもしれない。「誠チャンにかかった生活費」メモを書いた主犯が茂であり、ハツはそれに従ったにすぎないという感想には、決定的な証拠があったわけではなかった。わたしはただそう信じていただけなのである。これは茂が発案し書きはじめたメモにちがいない、あの優しいハツがこんなものを率先して書くはずはない、と思ったのである。

たしかに茂も、ハツと同じように、わたしが他家から貰われてきた子であることを承知しながら、わたしとは真実の親子の繋がりがあるかのように接していた。一滴の血もひいていないにもかかわらず、「この子の声はワシ譲り」とか「どうしてワシの運動神経が遺伝してくれなかったのか」とか、本当の親でなければ発せられない言葉をしょっちゅう口にしていた。いってみれば、茂は完璧に「わたしの父親」を演じていたのだ。

だが、ハツの場合はちがっていた。ハツには茂のようなワザとらしい演技がなかった。ハツは母親を「演じていた」のではなく、母であることを全身をもって体現していたのだった。わたしを貰ったことによって、ハツは「誠一郎を産んだ女」の母性をも得たのである。そのハツの心に生じた母性が、ハツを正真正銘の「誠一郎の母親」に化身させたのだ。そこにはもう、実際に血をひいているとかひいていないとかとは関係のない、ハツとわたしをむすびつける強靭な絆があるのだった。ただひたすら一心に、ハツはわたしを愛し尽くすことによって、だれにも冒されることのない「誠一郎の母親」となったのである。

その点、茂とわたしの父子関係は、茂の巧妙な（？）「演技」によって辛うじてささえられている危ういものだった。茂はわたしの父親を演じきることによって、自分自身に「おまえは誠一郎の父親なのだぞ」といいきかせ、同時にわたしに対して「おまえはわたしの子なのだぞ」といいきかせていた。茂はわたしの本当の父親であるように自らを演じることで、わたしの父親になりすまそうとしていただけなのだ。

だが、そんなことではわたしという子の抱く自我、自存、血への飢えをなだめるわけにゆかなかった。本当のことを知りたいという子どもの心はだませなかった。幼い頃から自らの出生に疑問を抱き、父や母の一挙手一投足に疑いの眼をむけながらそだったわたしという孤児は、スキあらばかれらの欺瞞やエゴにとびかかろうとする一匹の野犬となるしかなかったのである。

わたしが生父の作家水上勉氏と戦後何十年ぶりかの再会を果たしたときにも、窪島茂とハツの態度は対照的だった。

わたしたちの再会がデカデカと新聞で報じられた日、そのことを親類から知らされた茂は、悲しみに沈むハツを家において新聞を駅に買いに行った。そして、近所の人たちに「誠一郎が大変優秀な子であることが、これで証明されたでしょう。そういう子をそだててきた私たち夫婦は幸せです」といってまわったそうなのである。つい最近まで、ウソ偽りなく自分は誠一郎の父親だといっていたのに、アッサリわたしが水上家から貰った子であることを認めたのだ。

「あのときの茂さんの喜びようったらなかったわ。誠一郎さんの記事がのっている新聞を何枚も脇にかかえてね。ハツさんも涙をながして喜んでるって、そういってたわ」

隣りに住む中村さんの奥さんの証言だが、ハツが喜んでいたというのは茂のウソである。あの日いらい、ハツが一言も発しなくなり、好きな花の手入れにも身が入らなくなっていた姿を、わたしはみている。

もう一つ、わたしや妻をびっくり仰天させた茂の行動がある。

それは何と、茂はわたしと生父が対面する五、六年ほど前、すなわちわたしがまだ本当の父や母を探しあてていなかった頃に、成城町内にある（偶然わたしたち父子の家が同じ町内にあったことはずいぶんマスコミでも話題になった）水上勉邸に電話をかけ、電話に出たわたしとは母親のちがう妹の水上蕗子にむかって

「わたしは先生のお子さんをお預りしているクボシマという者です。息子さんは元気に成長しておりますのでご安心くださいとお伝えください」

と報告してきたというのだ。

俄かには信じがたい話だが、ということは、茂はわたしが生父母の存在をつきとめる以前から、その人たちの名や居住地を知っていたことになる。生母のほうはどうか知らぬが、少なくとも水上勉氏の家が同じ町内にあることを知っていたことになる。いっぽうでわたしの前で見事に「実の父親」を演じながら、いっぽうではヌケヌケと「お宅の子を預っています」と水上家に電話していたのだ。その頃から茂は、わたしが生父母を探してあちこち歩き回っていたことを知っていたのだろうか。そして、やがて近い将来わたしが水上勉と再会することを予感して、その先手をうって自分から名のり出ていたということなのだろうか。

のちに水上蕗子はそのときの電話について、こう語っている。

「お父さんはああいう仕事の人だからね、それまでにもファンと称する人から、色んな電話や手紙をもらうことがあったんだけど、茂さんの電話はそういうのとはちがって、何だかとっても信憑性がある感じだったわ。お宅のお子さんを預っています、ってキッパリ言って、だからといって養育費をくれとか礼をしてくれとかいうんじゃなくて、ただ淡々と報告だけしてるって口調なの。わたしもピンときて、これは本当にお父さんの子かもしれないと思って、父に事情をきいてから折りかえしお電話しましょうかといったら、イヤイヤ、それにはおよびませんって、すぐに切っちゃったんだけど」

ますます茂の真意がつかめない話である。いったい何のために茂は水上邸に電話をしたのだろう。養育費を請求したわけではないというなら、その目的は何だったのか。

　わたしはこんなふうに想像した。茂はある日、戦争中にわたしを自分らに手渡した相手（生父）が、戦後の文壇でめきめきと名を現わし、今や知らぬ人のいないベストセラー作家になっていること、しかもその作家が自分たちの家の目と鼻の先に住んでいることを知った。しかし、わたしはもはや、出生時の「水上凌」ではなく「窪島誠一郎」であり、窪島家の戸籍に実子として入籍されている子である。いまさら、その誠一郎を手放す気などまったくない。まして水上家に子を返すなんて考えたこともない。だが、自分たちが戦後の貧しい生活のなかで、必死に誠一郎を育てあげたという苦労は相手に知ってもらいたい。食べるものも満足に食べられぬ貧困のなかで、こうまで立派に他家の子を養育した夫婦の功績を、相手に認めてもらいたい。その欲求が、茂を水上家に電話をかけるという行動に駆り立てたのではないだろうか。

　だから茂は、油断のならない男なのだとわたしは思った。

　茂はともかく強欲なのである。貰い子のわたしをりっぱに育てあげ、その子が水商売で成功し、親子三人が折重なって寝ていた明大前のバラック家から、世田谷屈指の屋敷町である成城町に引っ越して、二階建てのコンクリートの家を建てて暮すまでになり、養父母としてはそれだけでじゅうぶん満足のはずなのに、わざわざ生父のところへ「わたしが育てました」と告げにゆくような男なのである。もし生父が有名作家でなく、ごく市井のサラリーマンか小さな八百屋の主《あるじ》だったとしたら、おそらく茂はそんな行動には出なかったであろう。生父が有名作家だから名のり出たのだ。ああ、何てイヤラシイことを！

こう書いてきて、あらためて感じるのは、わたしの茂に対する異常なまでの嫌悪感、拒否感である。とにかく何から何までがイヤでたまらないという、わたしの茂に対する問答無用な姿勢である。

茂がわたしに優しくなかったわけではないのだ。茂は茂で、夜おそくまで明大和泉校舎の前で靴クズにまみれて働き、わたしを高校まで上げてくれた。「空襲さえなければ、戦争さえなければ、誠一郎を大学まであげてやれたんだ」という言葉もウソではなかったろう。わたしは幼い頃から、そんな父の泣きゴトをきくのが嫌いで、成長するにつれて「父さんたちは不器用なんだよ、あの戦争で大儲けした人だっているんだから」などと悪態をつくようになったが、自分たちの貧乏生活の根モトに、戦争という不条理な時代があったことくらいは理解していた。しかし、何もかもを戦争のせいにして、積極的に今の状況から脱しようとしない茂の負け犬根性がかなしかった。あの頃茂は、まだ四十代半ばの働き盛りだったはずである。いくら働いてもラクにならない靴修理なんかやめて、もっと身入りのいい仕事をみつけたらどうなのか。

わたしが高校を出て渋谷の服地店「東亜」に三年ほどつとめたあと、一念発起して明大前の家をシロウト大工で改造、昭和三十八年十一月に小さなスナックを開業したのは、いってみればそんな茂の生き方を反面教師として決行した行動だったといえなくもない。店員勤めの安給料では、とても還暦をすぎた父や母の面倒をみるわけにはゆかぬ。学歴も資格もない自分が、一家を背負って生きてゆく唯一の手だては、大した修行もいらぬスナック商売が一番いいのではないか。幸いわたしは子どもの頃から口先の上手い、相手の気をそらさぬ接客術にだけは長《た》けていた。そうだ、この靴修理屋の貧乏地獄から脱出するには、その才能を生かすのが一番手っとり早いのではないか。窮鼠ネコを噛むとでもいうべきか、二十一歳のわたしはそんな気持ちで間口一軒の小さな酒場のマスターになったのである。

反面教師という言い方をしたが、そういう意味からいえば、わたしは若い頃からダメ親爺の典型である（少なくともわたしはそう思っていた）窪島茂を、どこかで意識して生きてきたところがあった。折から時代には高度経済成長の風が吹きはじめていた。茂のような生き方をしてはいけない、二の舞をふんではいけない、この時代の波をのがしてはいけないといった、つねに社会や時勢の空気を読もうとする感覚は、「人生の敗北者」である茂の姿から学んだものとさえいえるのだった。

では、茂はわが子の商売の成功をどうみていたのだろう。

昭和三十九年十月、経済成長の象徴ともいえる東京オリンピックが招聘され、わたしのひらいたスナック「塔」の前の甲州街道を、エチオピアからきたアベベ選手や、自衛隊出身の日本代表円谷幸吉選手が走る。わたしの店には、近くの電器店から借りてきた白黒テレビがでんと置かれ、朝から晩までバレーボールや柔道の熱戦を放映、押すな押すなの大繁盛だった。客の多い日の売り上げは、軽く五千円を超えた。それまで明大で一日中働いて、茂が腰の麻袋に入れて帰ってくる売り上げはせいぜい一、二千円、わたしが「東亜」で貰っていた月給だって五千円ちょっとだった時代である。茂にしてみたらわが子が開業した「スナック」という得体の知れない職業は、それこそ打出の小槌とでもいっていい魔法の商いにみえたのではなかろうか。

また、オリンピック景気を見込んで、わたしは自分一人で店を切り盛りするのは限界と考え、開店後半年くらいしてから、店の手伝いを募集するのだが、電信柱の貼り紙に応募してきた北海道生まれ三歳上の森井紀子が、ほとんど天才といっていいほどの商売上手な女だったことも店の盛況に拍車をかけた。おかげでわたしは焼きウドン（ウチの名物だった）や飲み物作りに専念し、客の相手はぜんぶ愛嬌者の紀子にまかせるようになる。そして、わたしと紀子は昭和四十年九月にめでたく結婚――。

当然ながら、茂はそんなわたしの成功ぶりにすこぶる上機嫌であった。

何しろ開店一年後には、わたしのスナックは開店時の二倍の広さに拡張され、ほんの三、四年のあいだに、都内と郊外に四つのチェン店（東松原、玉川学園、相模大野、藤沢）を進出させるまでにいたる。飛ぶ鳥を落すとはこのことだったろう、わたしは紀子と結婚してまもなく、世田谷の一等地に念願のマイホームを建てて移り住み、中古のトヨペット・クラウンを買ってそこから店に通いはじめるのである。

茂は

「やっぱりワシの子だな。誠一郎の商才は神がかっとる」

ヌケヌケとそんなことをいった。

わたしは、父の茂には男のプライドというものがないのだろうかと思った。わたしがスナックをひらくとほとんど同時に、茂は日頃からの高血圧症が悪化して、明大の靴の修理をやめていた。スナックの裏の物置きのような小部屋に二段ベットがつくられ、上の段にハツ、下の段に茂が寝ている生活だった。部屋は店とベニヤ一枚で仕切られ、小さな裏扉から時々店の残りものの食事を差し入れると、二人は下の段に並んですわってそれを食べていた。わたしが成城に家を建てるまでの三年間、二人はずっとそんな二段ベット暮しを強いられていたのだ。

ふつうの男だったら、子どもの金稼ぎの犠牲というしかないこんな生活を屈辱的に思うはずである。文句の一つもいいたくなるはずである。だが、茂は見事なほど従順だった。何もいわずに店の残飯を食べ、せまい二段ベットに身をこごめて眠り、客の接待で酔いつぶれたわたしが朝起きられずにいたりすると、裏口に出されたビールの空瓶を片づけたり、店の前の貸し植木に水をあげたりするのだった。

一どだけ茂の口から不平らしい不平をきいたのは、毎晩明け方近くまでベニヤ壁の向うで騒ぐ客の話し声で眠れないというときぐらいだったろうか。とくにジュークボックスから大音量でながれる若者むきの流行歌はよほどツラかったようで

「もう少し、あの音は小さくならんもんかなァ。ハツが眠れんとこぼすんだよ」

ハツのせいにしてそういった。

だが、茂がただ盲目的に、何の考えもなくわたしのスナック商売に従ってきていたのかというと、そうではなかったようである。茂は茂なりに、わたしにとって（窪島家にとって）、今が勝負どころであるという認識をもっていたようなのだ。

成城に引っ越してから茂と親しくしていた隣家の中村さんによると、茂はこんなふうにもらしていたという。

「中村さん、やっぱり時代が変わってゆくというのはこういうもんなんでしょうなァ。もうワシらの出る幕はないと、つくづく感じます。ワシらは誠一郎がこれから何をやろうと、それに従《つ》いてゆこうと思っとるんです。とにかく足手纏いにならんように気ィつけてね。何やかや言うても、靴一足直して何十円という安賃金で暮してきたワシらが、こんな大きな屋敷に住まわしてもらえるのは、あの子ら夫婦のおかげであることはたしかなんですから。ワシはあの子に賭けようと思っとるんです」

つまり、茂はわたし以上に、時代や社会の変化をみのがさず、それに順応しようとしてい

たらしいのである。

茂は七十をすぎたあたりから、めっきり体力がおち認知症の兆候も出てきて（当時はそんな病名はなかったが）、何かと家にいる紀子の手を煩わせるようになった。明大前にいる頃は、自分からすすんで店の掃除や片づけを手伝ってくれていたのだが、成城に引っ越してこれといった役目をもたなくなると、めっきり口数がへり元気がなくなってくる。二、三年経つと、一日じゅう部屋にこもってボンヤリしている日が多くなった。轡を合わせるように、ハツも食道閉塞やらリウマチやらの病で入退院を繰り返すようになったので、二人の小学生の子の送り迎え、東松原の支店のママもつとめなければならない紀子の負担はさぞ大変だったろうと思う。

昭和四十九年三十三歳になったとき、わたしは五店舗にもなっていたスナックの規模を縮小し、明大前の本店（ギャラリーとカフェに改装した）だけをのこして、長野県上田に私設美術館「信濃デッサン館」を開設、受付わきの六畳間で一人暮しをはじめたのだが、まるでその時期を待っていたかのように茂の認知症、とくに徘徊癖がひどくなってきた。ちょっと眼をはなすと、サンダルをつっかけてどこかにフラリと出てゆき、それっきり何時間も帰ってこない。

これは、たまたまわたしが信州から成城にもどっていた日のことだったが、やはり茂が夕方家を出て深夜になっても帰ってこないことがあった。

紀子が近所をさがし回っていると、何と京王線の八王子駅前の交番から電話が入って、茂はそこで保護されているという。財布も持っていない茂が、どうやって電車を乗り継いでそこまで行ったのか皆目わからなかったが、とにかくわたしが車で迎えにゆくことになった。わたしはちょうど信州から東京へワゴン車に絵を積んできていたところだったので、その車に茂を乗せて帰ってくることにしたのだった。

交番に着くと、茂が二人の警察官にかこまれてションボリすわっていた。わたしは警官に礼を言って、茂を自分の車の後部座席にすわらせたのだが、茂は最後までわたしが子の誠一郎であることに気づかぬようであった。

家に着いたとたん
「おいくらですかね、運転手さん」

しきりに代金を払おうとする。

「お爺ちゃん、ボクだよボク、誠一郎だよ」

わたしがいくらそういっても、茂はわたしをタクシーの運転手と思いこんでいるようで
「今、お金をとって参りますから」

ペコペコしながら家へ入ってゆくのだ。

その子どものように小さい茂の後ろ姿を見ながら、わたしはふと、戦時中石巻に疎開して

いた頃、復員兵や買い出しの人たちでごったがえす仙石線（仙台―石巻間）の車内で、茂がわたしの尻をオヒツに入れて背負い、ハツとともに必死にわたしのヘコ帯をつかんでいた姿を思い出した。思い出したといっても、わたしはその頃まだ水上夫婦から貰われてきてまもない三歳半か四歳くらいだったはずだから、どこまでその記憶が正確かはわからないのだが、とにかく茂とハツが、「ここに子どもがいます！子どもがいます！」と絶叫しながら、オヒツのわたしを満員の人波から懸命に守ろうとしていた光景が、古い幻燈画のようにうかんできたのだった。

わたしはその瞬間、ああ茂もまた、あの戦争によって翻弄されてきた人だったのだと思った。わたしは本当の親の所在を明かそうとしない茂とハツを憎み、恨み、二人にツラク当りつづけてきたが、二人をそんなウソつき夫婦にしたのも、あの戦争という時代がもたらしたことのように思えてきた。戦争さえなければ、わたしは生みの親のもとを離れなかったろうし、窪島夫婦がわたしを引き取るということもなかっただろう。何も好んで、茂やハツはわたしにウソをつきつづけたわけではなかった。ただただ、一生懸命に育てた誠一郎が、自分たちの手を離れてどこか遠くへ行ってしまうことがこわかったのだ。わたしに真実を話せなかったのだって、自分たちの愛する子をうしないたくない一心からの行動だったのだ。

タクシィの代金をとりに玄関を入ってゆく茂の背中をみるわたしの眼が、みるみるうるんだ。

前章で書いたように、養母のハツは重篤になる少し前に、老人病院のベットで浪曲をうなったというのだが、茂の最後の高座は意外にも「講談」だった。若い頃は芙蓉軒麗花一座で舞台大工として働き、わたしが子どもの頃にはハツの前でよく浪曲をうなっていた茂だったが、子がスナックを開業し裏の小部屋で暮すようになってからは、ほとんど浪曲を口にすることはなくなった。その茂が、平成元年四月二十五日に八十七歳で亡くなる半月ほど前まで、ベットの上にすわって「講談」を語っていたというのである。

「講談」といってもピンとこない人もいるかと思うが、かつては講談も浪曲とならんで庶民に愛された寄席演芸の一つだった。わたしも浪曲ほど好きではなかったが、一龍斎貞山とか貞丈とか、神田何とかという人気講談師の語る『忠臣蔵討ち入り』や『一本刀土俵入り』や『瞼の母』といった演目が、さかんにラジオからながれていたのをおぼえている。どの演目も任侠モノ、人情モノ、親子モノといった内容で、その点では浪曲とよく似ていた。だから、茂が人生の最期に、浪曲でなく「講談」を語ったとしてもそんなにおどろかないのだった。

しかし、付き添っていた紀子によくよくきいてみると、茂の「講談」はだれかがつくった演目を語るのではなく、自分の「身の上話」を独り語りするようなオリジナル講談だったそうである。

茂はハツが死んで二年ほどがすぎた八十半ば頃から、急速に足腰が衰え、排泄もうまくできなくなり、持病の心臓病もだんだん重くなってきたので、成城学園のそばの「木下病院」に長期入院することになったのだが、しばらくするとベッドの上にすわってブツブツ独り言をいうようになった。食事時間になってもなかなか箸をつけず、いつまでも独り言をいっているので、看護師さんから何ども食事をするようにうながされ、ようやく独り言をやめるといった具合で、よくきいてみるとその独り言がプロはだしの「講談」だったというのである。

茂の「講談」は、だいたいが自分とハツの馴れ初めの頃の話とか、麗花一座での出来ごととか、わたしを育てた戦時中の苦労話とかだったそうだ。

「みなさん、かの有名な小説家ミズカミツトム先生のご長男を育てたのは、何をかくそうこの私、窪島茂とハツ夫婦でございます。折しも、東京山の手大空襲によって、私らの家作はすべて丸焼け、夫婦はミズカミ先生からお預りした誠一郎を抱いて右往左往、ひもじい生活のなかで刻苦精励し、ようやくのこと誠一郎を一人前の男に育てあげたのであります……」

茂は時折食事テーブルのはじを箸でぱんぱんと叩き、半分眼をつぶりながら、朗々と窪島夫婦の「子育て物語」を語る。わたしがきいていたら、羽交いじめしてでもやめさせたいような講談だが、紀子がいうには案外茂のこの講談は病院内で評判になり、茂が語りはじめると他の病室からわざわざききにくる患者もいたほどだという。

ヤレヤレ、茂とハツは似たもの夫婦だったんだなとわたしは思った。とにかく関西の浪花ブシ一座で知り合い、結婚した二人である。茂にしてもハツにしても、心の根には芸能好きの虫が棲んでいたのだろう。別にしめし合わせたわけではないのだろうが、二人は人生最期の日をむかえたとき、ごく自然に妻は浪曲をうなり、夫は講談を語って死んでいったのである。

だが、茂とハツでは誠一郎に対する意識や感覚がまったくちがっていたと思う。何どもいうように、ハツはわたしを本当のわが子であると信じて疑っていなかった。窪島誠一郎は正真正銘、窪島ハツの身体から産まれた子だと思っていた。わらわれるかもしれないが、誠一郎はハツにとって天から授かった「受胎告白」の子なのであり、だれが何といおうと、自分自身が腹をいためた本当の子どもなのだった。

茂はちがった。

茂にとっての誠一郎は、あくまでも縁あって他家から貰いうけ、窪島家の戸籍に入籍した「他人の子」であり、一滴の血もひいていない子だった。だから、茂がわたしにそそぐ愛情はいつも限定的だった。自分らの生活に恩恵をもたらしてくれれば、わたしは無上に可愛いわが子であり養育に値する子どもだったが、少しでも窪島家に不利益をあたえたり、夫婦にツライ思いをさせたりすれば、それは貰いうけたことを後悔するほどの「他人の子」だったのである。これも茂が男であり、ハツが女だったからなのだろうか、茂とハツではわたしに対する距離感、立ち位置がまるでちがったのである。

そして、何より茂が不孝だったのは、その誠一郎が幼い頃から茂を「他人」であると見ぬいていたことだろう。親は子を「他人」と思い、子は親を「他人」と思い、しかもそうした関係のなかで、わたしたち父子は平然と「本当の親子」を演じて生きてきたのである。世の中に、こんな悲しくて不孝な親子関係があるだろうか。

「でもね」

葬儀の日に紀子がいった。

「茂お爺ちゃん、りっぱだったわよ。あなたにどんなに冷たくされても、誠一郎、誠一郎っていって死んでいったしね。わたし、よくわからないけど、お爺ちゃんがあなたのことを語る講談、とっても上手だったわよ。何だか生き生きしていた……」

生母の章

わたしを産んだ母、つまり実の母親は加瀬益子（後年えきと名のった）といって、大正六年六月二十九日、千葉県香取郡東条村牛尾という小さな村で生まれた女だった。両親は徳太郎、まさといい、まさは地元東条村では知られた素封家の娘で、徳太郎の生業は屋根葺き職人、小作人だったが、地元では村会議員をつとめるほどの人望家だったという。長女はとよ、次女がえき（益子）で、三女はこう、四女に和子がいた。徳太郎は昔気質のガンコ者で、「女は泣くだけで何の役にも立たん」が口癖だったらしいが、子どもの教育にだけは熱心で、とよにもえきにも読み書きをすすめ、自分でも俳画をたしなみ剣道でも段をもつという文武両道の男だった。

徳太郎の方針は、本家の夫婦に子どもがいなかったために、えきを幼くして養子に出すというものだった。えきは地元の東条村尋常小学校高等科を卒業すると、しばらく家の農業を手伝っていたが、十六歳のとき本家との養子縁組を嫌って東京に出た。ツテを頼んで白木屋の洋裁部で働くことになり、そこでおぼえた裁縫の技術がその後の内職生活を助けるのだが、やがて白木屋をやめて東京仙川にあった「東京計器製作所」の寮母として雇われ、寮生たちの賄いをするようになる。

そして、どういうわけか、二十二歳になったときとつぜん、新聞で募集していたお茶の水の「東亜研究所」という民間調査機関の臨時広報員となるのである。民間調査機関といっても、一九三八年九月に企画院の外郭団体として近衛文麿によって設立された組織で、どちらかといえば戦時色の昂まりに沿って、政府が一億総動員の底上げを図り、主にアジア諸国の情勢調査を推進する目的でつくられたオルグの集団だった。

その後えきが、東亜研究所で弁論や文書作成の能力を買われ、やがて正規の研究員として重用されるようになったのは、たぶんに村会議員を何期もつとめた父徳太郎の血筋からくるものだったろう。それは学識とか教養とかとは少しちがう（徳太郎はロクに小学校も出ていなかった）、いわば体制やしらがみに対して筋の通らぬことはゆるさないといった、一種の正義感の血がなせるものだったかもしれない。徳太郎は、破産同様だった生家の借財を背負いながら、精励刻苦のすえ、とうとう親が背負った借財をすべて返済し、四人の子女を育てあげて村の有力者にまでなったのだから、相当のツワ者だった。えきには、そんな徳太郎ゆずりの、いわば猪突猛進で目標にむかってゆくバイタリティのようなものがあったのである。

そのえきが、新宿柏木五丁目のアパート「寿ハウス」の一階で洋服仕立て直しの裁縫内職をしていたとき、たまたま同じアパートの二階に住んでいたのが貧乏編集者だった水上勉で、二人が出会ったのは、すでに日中戦争がはじまっていた昭和十五年夏頃のことだった。知り合ったきっかけは、水上がくたびれた背広の裏地直しをえきのところに頼みにきたからだったが、水上の自叙伝によれば、夏の晩酔っぱらって帰ってきたとき、ミシンをふんでいるシュミーズ一枚姿のえきが眼に入って、背広直しを理由に言い寄ったというのが本当のところのようだ。

とにかく、半月もしないうちに水上はえきの部屋に転がりこむ。

やがて、えきは妊娠、それを知った水上勉は真ッ青になる。月々の家賃にも、電気代にも窮し、毎晩ツケで飲みあるいているようなグータラ男で、おまけにその頃水上は結核を病んでいたから、とてもじゃないが子どもなんか育てられる生活ではなかった。だが、だからといって水上はその子を始末してくれとか、えきに別れたいとはいい出せず、みるみるうちにえきの腹は大きくなり臨月が近づいてくる。

で、決心した二人は、香取郡東条村に住む両親徳太郎、まさに結婚の承諾をもらいに会いにゆくのだが、厳格な徳太郎がそんなデキチャッタ婚を許してくれるわけはなかった。親としてひそかに鼻を高くしていた東亜研究所を、えきが妊娠のためにアッサリ退職していたというのも、徳太郎の機嫌をわるくさせた。えきは徳太郎から「そんな娘に育てたつもりはない」と、結婚どころか勘当をいいわたされて帰ってくる。

けっきょく、えきが親しい助産婦のいた台東区下谷の都立下谷産院で、未入籍のまま「凌」を出産するのは、昭和一六年九月二十日のことである。

この「凌」という命名には、ちょっとした裏話がある。何でもこの名は、その頃三笠書房という出版社につとめていた水上勉が、たまたま調布に住んでいた文豪武者小路実篤翁の邸宅に原稿を取りに行ったとき、翁が自転車の後ろに乗っていたお腹の大きいえきの姿をみて「私にその子の名を付けさせてくれないか」

といい

「凌、というのはどうかな。親を凌ぎ、世の中を凌ぐという願いをこめた名だ」

といって名付けてくれた名前なのだそうである。

ただ、これもあとになってわかることだが、どうもこの、「友情」や「お目出たき人」といった名作でしられる作家武者小路実篤先生が命名した「凌」という名は、易学上からいうと不吉な名なのだそうである。知り合いの高島易断の人からきいたところによると、「凌」は字画的にいっても、「前途多難」「大患薄命」といった運命を定められたような名で、たぶん二、三歳で死ぬか、たとえ青年まで生きても大変な病を背負うことになるか、散々な人生を歩むことが約束された名であるというのだ。幸いにしてこの「水上凌」は（つまりわたしは）、窪島家に貰われて「窪島誠一郎」という名を付けられて再出発（？）するわけなのだが、要するに人間の名前というものは、エライ人が付けたからといってかならずしも幸福になれるとはかぎらないという典型例がこれだろう。

どっちにしても、昭和二十年九月二十日、夜九時三十分（後年手渡された加瀬えきの日記による）、水上勉、加瀬益子のあいだに「水上凌」という子は誕生する。

したがって、わたしを産んだときのえきの心境といえば、新しい命を授った歓びよりも、これからどうして生きてゆけばよいのかという不安な気持ちのほうがつよかったろうと思うのだが、やはりそこは調査機関のオルグをつとめた女性闘士であり、父徳太郎ゆづりの負けん気のようなものがえきにはあった。わきに乳呑み児のわたしを寝かせ、眼を醒ませばあやし、オムツを替え、乳をやりながら、以前にもましてミシン踏みに精を出すようになる。父親の水上はといえば相変らず飲んだくれていて、安給料を手にすると何日も帰ってこないような男だったから、えきとしては「凌を育てるのは私しかいない」といった覚悟だったのだろう。

しかし、そんな生活にもやがて限界がやってくる。

えきが何よりおそれたのは水上の結核だった。飲み屋から帰ってくるたびに、洗面器に首を突っこんで血を吐く水上をみて、もしこの病が凌に伝染したら、と考えるだけでゾッとした。せめて凌を夫婦の床と離れた場所に寝かせてやりたかったが、今の二人の働きでは、二《ふた》間《ま》のアパートに引っ越すことなんてとうてい考えられなかった。

それと、三十七年七月の盧溝橋事件をきっかけに日中戦争に突入した日本が、一億総動員法を皮切りにいっそう統制をつよめ、早晩中国への侵略や欧米列強との領土戦争に参入するであろうことは、研究所仲間からの情報で何となく予感できた。今や政情は一触即発の状態なのだ。そんな戦火の近づくなかを、凌を抱いて水上と生きてゆく自信がえきにはなかった。できれば、凌だけでも他家に養子に出して、将来の命を保証してやりたい、とえきは思った。

水上、えき夫婦が暮す「寿ハウス」は、一、二階合わせて六世帯が入居している貧乏アパートで、隣の部屋にはのちに朝日新聞の副社長にまでなる田代喜久雄氏（水上と同人雑誌『東洋物語』を出し小説を書いていた）が住んでいて、田代は時々凌のオシメを取り替えてくれたり、神社の祭りに連れて行って、凌に綿菓子などを買ってくれたりする男だったが、水上夫婦の困窮ぶりを日頃から心配していた。見かねた田代が、酔っ払って帰ってきた水上に長々と説教したこともあったが、結核に加え物書きとしての行き詰まりにも絶望していた水上は、まったく田代の話に耳を貸そうとしない。

そんなとき、えきの相談にのってくれたのが、えきの部屋の真向いに住む山下義正、静香夫婦だった。夫婦といっても、山下さんはまだ明治大学の予科に通う学生で、静香さんとはいわゆる「学生結婚」前の半同棲のような生活をしていたのだが、子を手放すことを決意したえきの話をきいて、すぐに和泉校舎の前で靴の修理をしている窪島茂、ハツ夫婦のことを思い出した。

スポーツ好きだった山下さんは、よく茂に運動靴やスパイク靴を修繕してもらっていたのだが、時々茂とハツが

「わてらは子どもがいないんで、どこかに可愛い子がいたら貰いたいんだ」

といっていたのを思い出したのである。

二人は背の低いチビ夫婦だったが、愛想がよく腕も確かな靴の修理は校内でも評判だった。ことに口数が少なく、いつも茂のよこでニコニコと笑って働いているハツは優しそうだった。あのおじさん夫婦なら、えきの子どもを可愛がって育ててくれるんじゃなかろうか。

さっそく大学の帰りに茂の店に立ち寄ってその話をすると、「ぜひその子をみせてくれ」ということになり、トントン拍子で凌の養子話はすすむ。

しかし、「養子話」といっても、茂とハツは初めから凌を「戸籍上の実子」として貰いうけるつもりだったようで、仲介役となった山下さんにハツは
「貰いうける以上、正真正銘わてらの子になってもらわんとなァ。まだ二歳やそうやから、今なら間に合うと思うわ。そのことだけは、せいぜい先方さんにいっておいてくれなはれな」

そう何ども念をおした。

「……ということは、窪島さんの戸籍にきちんと入れてくださるということですね」

「もちろんや、だれにも気兼ねのいらん、わてらだけの子にしてもらわんとあかんのや」

初めて凌と対面したときには、ハツは産着にくるまった凌をわが子のように抱きしめ、「可愛い」「可愛い」としきりに凌の頬っぺに自分の頬を擦り寄せて
「もう、ウチの子やで、わてらの子やで」

えきにむかっていい
「大事に、大事にするさかいにな、どうぞ心配なく、わてらの子にさせてくれなはれ、何《なん》も心配いらんからな」

凌を抱きながら、いっぽうの手でえきの手を固く握るのだった。

加瀬えきが水上勉と別れたのは、凌を窪島家に手放してからほどなくのことである。凌の入籍日が昭和十八年十一月八日（えきの日記による）だったから、その年のうちか年が明けてすぐと思われる。別れるといっても、べつに籍が入っている正式な夫婦ではなかったから、酔っ払って家に帰ってこない水上が、ある日そのままえきのもとにもどらなかったというだけの話だろう。

だが、ここで問題がもちあがる。

あれほど「窪島家の子にする」と窪島夫婦と約束していたのに、水上と別れた頃から、えきがしばしば明大前の窪島家に顔を出すようになったのである。時々凌の好きなおもちゃや菓子を買って、凌の成長ぶりを見にくるようになったのである。すでにわたしを実子として窪島家に入籍させ、名も「凌」から「誠一郎」に改め、親子三人のむつまじい生活をスタートさせていた茂、ハツにとって、折にふれて家を訪ねてきて子を抱こうとするえきは、迷惑以外の何ものでもなかったろう。鬱陶しいったらありゃしない。

えきのことを語るとき、これまでわたしは『母の日記』（一九八七年平凡社刊）や『母ふたり』（二〇一三年白水社刊）といった自著のなかで、何ども同じ手記を紹介してきたのだが、ここでもまた、それを披露しないわけにはゆかない。これは、わたしが昭和五十二年六月に生父水上勉と再会した約二ヶ月後、新聞報道をみて名のり出てきたえきと対面したときに手渡された、当時のえきの日記につづられた文章である。

又ゆうべも淩が私の所に来た。貴君は随分大きくなりましたね。大人のやうに何んでもわかったやうな顔をして、私を、じっと〳〵みつめて居た。その黒い瞳、可愛〳〵そのお手々、私は急いで貴君を抱いた、きつくきつく抱きしめた。貴君はぢっとしてゐた、私のするがままに。そして暫らくして貴君はすや〳〵と眠ってしまった。

夢よ、何時迄も覚めないでくれ　私は何時必ず……その日のあることを信ずる。ただそれのみを願はずにはゐられない。

たとい小さな幸せでも、私は貴君のそばにゐる事が、無上の幸せです。

何時迄も〳〵待ってゐる、淩よかへってくれ、この淋しい私の胸に、とびついてくれ。

私は貴君をはなさない、又今晩もきっと〳〵来てくれ。

貴君の為に、床を暖かくして待ってゐる。夢、々々々夢ははかない。いとしい〳〵淩よ、すこやかに成人せよと祈る。

淩よ、今夜も元気でゐてくれ。

愛する淩よすこやかに育て、私は貴君の幸せを祈るのみ。

今又出ようとしてゐる私の我儘、淩よ、うらんだであろう。私は私は決して、再び人の子の母にはならない。貴君一人だけ、可愛〳〵淩ちゃんだけで結構です。

どうぞ明るく成人してくれ、ひねくれないで。

私の届けたもの、うれしかったかしら、又何んでも買って上げたい。でも、そんなにする事はいけない事なので仕方がない。大ぴらで貴君になんでもしてあげられる日まで、待ってゐてね。

必ず今に、貴君と二人で仲良く暮らせる日が来るやうな気がしてならない。

人生は出来ない事も出来る時がある。

私はそれを信ずる、貴君と一しょに暮らせる日を待ってゐる。

愛する〳〵凌よ、元気ですこやかに。

凌ちゃん、今どうしてゐるかしら、やっぱり凌ちゃんを忘れる事が出来ない。私毎日〳〵凌ちゃんの事ばかり考へて夜も眠れない。

寒い〳〵冬の夜は、凌ちゃんもどうぞ暖かい寝床でやすんでゐるやうにと、ただ祈るは凌ちゃんの事ばかり。

凌ちゃん、今も又明日も又その次の日も、毎日元気でゐて下さい。

凌ちゃん、うらまないで下さい。弱かった私をどうぞ許して下さい。

凌ちゃん、何度呼んでも貴君は返事してくれない。赤い夕日が富士の連山にかくれる頃、空に星がまたたく夜、どうしても〳〵涙が出て、とまらない、私は苦しい　この胸を、ああ神のみ知る、この心、ああ苦しい。

働いたとて何になる。勤労の生活それは尊い、でも私はこの生活に全力を傾けることは出来ない。それにしてはあまりにも心が重い、ああこのなやみをたとい千分の一でも背負ってくれる人があったら、否、自分を慰めてくれる人があったら、私はいくらか落着けるだらうに。あや子よ貴女もすでに遠い〳〵所へ嫁いでしまった　どうして人には、別れがあるのだろう。いやだ〳〵別れはいやだ。肉親との別れ……どうして切っても切れない肉親の別れがあるのだらう。ああ切ない淋しい、この心、自分で自分をどうする事も出来ない。

どうぞ、私から別れていった人よ、思い出して下さい、過ぎし日を、あのたのしかった東中野を、あの日の幸せを、私は何時までも失はない。追憶は美しい、せまくもたのしかった、私隊の家にも、又誰か知らない、幸福な人達の室になってゐる事だらう。あの白かべに、あの柱に、今何がかかってゐるだらうか。まだ、どこかに私達のにほいが、残ってゐるやうな気がしてならない。

何ど読んでも胸のつまるようなえきの独白だが、わたしは当事者だから尚更ふくざつでやるせない気持ちである。

これを読むと、加瀬えきはわたしを窪島家に手放したあとも、なかなか子への未練を断ち切れず、それこそ身悶えするような後悔と罪の意識にさいなまれていたことがわかる。まして、凌の父親であり夫であった水上はもうそばにいない。凌が窪島家に去ったあと、えきは自らの腹をいためたわが子の面影を忘れられず、毎晩眠れぬ夜をすごすのである。茂、ハツにとってはこの上ない迷惑にはちがいなかったが、えきはえきで、夢のなかに出てくる凌にむかって、「もう一ど会える日がくることを信じる」、「貴君と一しょに暮らせる日を待っている」といい、「どうぞ恨まないで」「弱い母を許してください」と泣き叫ぶのである。

また、えきの未練は凌に対してばかりではない。

日記の後半に出てくる「あや子」は、研究所時代からずっと仲の良かった女友達の名で、あや子はその頃もう嫁いで人の妻になっていた。その親友を思い出して、せめてあや子がここにいて自分を慰めてくれたら、いくらかでも救われるだろうにと嘆く。ああ、今や独りぼっちの私の話をきいてくれる相手なんてどこにもいない、どうして人には別れがあるのだろうかと嘆く。

そして、水上勉を喪なった淋しさ、孤独もうったえる。毎日酔んだくれて帰ってくるだけの、甲斐性のない文学くずれの男だった水上が、今ではたまらなく恋しい。二人で営んだ東中野での暮しをなつかしみ、自分はその思い出をいつまでも忘れないとつづる。自分があのアパートを出たあと、同じ部屋に住んだ人は幸せにしているだろうかなんて、よけいな心配までしている。

　加瀬えきは水上と別れたあと「寿ハウス」を引き払い、最初に千歳船橋駅近くの小さな雑貨屋の二階に引っ越し、つぎに勤め先の「東亜研究所」にほど近い本郷赤門そばのアパートへ転じた。だから、東中野にいた頃は明大前の湊に会いにゆくのに、新宿まで出て京王線に乗り替えて行ったものと思われるのだが、千歳船橋、本郷に転居してからはどうしたのだろうか。省線（今のJR）を乗り継いで行ったのだろうか。

　いづれにしても、まだ二十四歳だったえきには、ちっとも心の整理がついていないのだった。一人になってからは、ますます別れた湊への想いをつのらせ、気がつくと明大前のほうに足がむいている。一目湊と会いたい、もう一ど湊をこの手で抱きしめたい、という気持ちをどうすることもできないのだ。

　そんなえきの未練心にブレーキをかけたのは、戦前から窪島夫妻とじっこんで、わたしに「誠一郎」という名を付けてくれた洋服仕立て職人の鶴岡正松さんである。

「えきさんが誠一郎に会いにやってきて困っている」とコボす茂、ハツの話をきいて、ある日明大前の駅に張りこんでいて、誠一郎に会いにきたえきをつかまえるのである。

　そして、正松さんはこう諭す。

「えきさん、そりゃあんたの気持ちもわからないわけじゃない。腹をいためた自分の子だもの、どれだけ誠一郎……いや湊ちゃんのことを大事に思っているか、それは男のワシにもよくわかる。でもね、えきさん、あんたがいつまでもそんな中途半端な気持ちでいたら、一番不幸になるのは凌ちゃんだよ。あんたはもう決心して、凌ちゃんを窪島さんに差し上げたんだ。いったんそう決めた以上、ここは窪島さんご夫婦を信じて、静かに遠くで凌ちゃんの幸せを祈ってあげてくれんか。それがえきさん、凌ちゃんの将来のためにも、凌ちゃんの新しい親になってくれたシゲさん夫婦のためにもなる、あんたがとるべき最良の道だと思うんだよ」

この正松さんの説教を喰《くら》ってから、えきはぷっつりと明大前には姿をあらわさなくなったという。いわば凌が誠一郎になったときの立ち合い人であり、苦労人だった正松さんからの忠告がよほど効いたのだろう。それにえきだって、いつまでも凌を追いかけていてはいけないと思っていたのだ。早く凌から自立し、自分はこれからの新しい人生をあゆみださなければならない。自分の幸せをつかまなければならない。

「幸せをつかみたい」——凌と別れ、水上勉との同棲にピリオドをうって再出発した加瀬えきが、終生の伴侶となる竹田徳房と出会うのは、独り身になって三年後の昭和二十二年春頃のことである。さっきもいったように、えきは水上と別れたあと東中野から千歳船橋、さらに本郷の赤門そばのアパートに引っ越すのだが、すぐ裏に徳房の勤める営団地下鉄の社員寮があって、えきはたまたま最寄りの駅近くで徳房に道をきかれたことで知り合った。竹田徳房はえきより三つ上の三十歳で、地下鉄の腕のいい実直なエンジニアだった。

勝ち気でいいたいことをズバズバいうえきにくらべて、徳房は温和しい口数の少ない男だったが、「何となくウマが合ったみたい」とは、わたしとえきが再会した年に結婚した長女の映子の感想である。

「じついうとね、母と父もいわゆるデキチャッタ婚でね、お兄ちゃんの房雄が生まれた九月三十日に母は籍を入れたっていってたわ」

わたしが
「へえ、再婚したときもデキチャッタ婚だったのか」

というと
「あら、失礼ね、ちがうわよ。誠一郎さん生んだときは、母は水上さんと籍に入っていない仲だったんだから、トクちゃん（竹田徳房のこと）とはれっきとした初婚よ。再婚じゃないわ」

映子はいった。

じっさい、二人は仲が良かったようだ。わたしはえきと対面したあと、たった二どしか会おうとしなかった冷たい子だったが、妻の紀子はえきの誘いに応じて、わたしに内緒で何どもえきと会っていた。えきの心根には、わたしの家族と親しくすることで、少しでもわたしの生活についての情報を得たいと思いがあったのだろう。長男のケンジと長女のミツルもいっしょに、デパートの屋上で遊んだり、食堂でランチをご馳走になったりしていた。そんなとき、かならずえきは夫の徳房のことをノロけるのだという。

「何だかとっても話の合うご主人さんみたいよ。今は田無に住んでいて、日曜ごとに、共通の趣味の競馬にゆくのが愉しみなんだって。スーパーにゆくときなんか、ご主人の自転車の後ろにえきさんが乗って、二人で仲良く買い物にゆくっていってたわ」

紀子はそんなことをわたしに報告した。

えきにとって竹田徳房は、これまでとは百八十度ちがう「女の幸福」を約束してくれる人物だったのだろう。えきがもとめていた平穏とやすらぎにみちた結婚生活、それをあたえてくれた男が徳房だった。ローンで建てた田無市向台の一軒家には、二人で丹精して育てたツツジが繁り、近所の人が見物にくるほど見事な花をつけた。長男房雄につづいて、結婚二年めには長女映子が生まれ、映子は二十三歳で嫁ぎ浅野姓に変わる。房雄は一流大学を出て、大手印刷会社に就職。東中野で乳呑み児をかかえ、ミシンを踏み、生きるか死ぬかの生活をしていた頃を考えれば、そうした徳房との暮しは夢のような日々だったにちがいない。凌と別れ、水上との同棲を解消したえきの判断は正解だった！

徳房とえきの結婚生活は、平成七年九月七日、徳房がガンを患って、一年半の闘病をへて八十歳で亡くなるまでつづくのだが、えきは最後まで徳房の病床に寄り添い、献身的に看病したという。

「トクさんも幸せだったかもしれないけど、母も幸せだったと思うわ。トクさんが死んだときも、お母さん、そんなに泣いてなかった。とにかく全身全霊をかけて看病していたしね。娘の私が見ていても、これ以上はできないっていうくらい、トクさんに尽していたもの」

と映子。


だが、もう一人のえきのことも書いておかなければならない。

えきはわたしと再会する少し前から、近所の詩吟教室に通いはじめ、埼玉市主催のコンクールで優勝するまでになった。もともとえきは習いゴトが好きで、生け花や茶はもちろん、真向いの大学教授の家に漢詩を習いに行ったり、駅前の教室で水彩画をたしなんだりしていたのだが、詩吟が一番ながくつづいた。幼い頃から剣道師範だった父親の徳太郎のあとについて、正月や盆に剣道場で催される剣舞の会（剣士の舞に詩吟、尺八、琴の演奏がそえられた）を見に行っていたので、どこかで詩吟の、あの羽織ハカマですっくと立って朗々と詩吟を吟じる姿に憧れを抱いていたのかもしれない。

えきの羽織姿もなかなかのものだったようで、詩吟仲間からは「田無のエキさん」とよばれて評判だったという。

興味ぶかいのは、その頃えきが一番得意にしていた詩吟が、昭和三十年代のスター歌手三橋美智也の『男涙の子守唄』のなかに出てくる『棄児行』という詩吟だったことだ。『棄児行』とは、山形の佐幕の志士の一人で、明治三年に二十七歳で刑死した雲井竜雄という人の詩だそうであった。ちょっと年配の人なら、きいたことがある詩吟かもしれない。

斯《こ》の身飢《う》うれば　斯の児《こ》育たず
斯の身棄てざれば　斯の身飢ゆ
捨《す》つるが是か　捨ざるが非か
人間の恩愛　斯の心迷ふ

えきの声はどちらかといえば野太い、しっかりとしたバスの発声だったそうだが、なぜかこの『棄児行』を吟じるときだけは、ふだんより少しハイトーンの詠嘆調になったという。

わたしはえきの死後、『母ふたり』という本を書くために、えきの親族や友人たちを訪ねて取材し、えきと同じ詩吟教室に通っていたA子さんという女性とも会って、その頃のえきのことを色々教えてもらったのだが、その話が生母加瀬えきのナマの姿をほうふつさせて面白かった。

「えきさんは、いつも背筋をしゃんとのばした着物の似合う人でねぇ、どっちかっていうと男っぽい人だったんだけど、ふしぎとあの詩吟をうたうときだけは、女になりきっているって感じだったわ。詩の内容は、子どもを捨てた男性の気持ちなんだけど、えきさんがうたうと女の詩吟になるのよ……それと、えきさんは親とか子とかいった話題になると、とたんに熱が入る人でね、親に甘やかされた子はロクな人間にならないとか、親がちゃんとしていれば子どもは黙っていても育つとか、延々と親子論というか、教育論をぶつの。いつか、同じ教室の女性が離婚問題についてえきさんに相談したら、えきさん急に涙目になって、絶対子どもだけは手放しちゃダメ、女にとって子どもは宝だからなんて、長々と力説してたわ。好んで『棄児行』なんて詩吟をうたっていたのも、そんなえきさんだったからなのかもしれない」

A子さんへの聞き書きは、えきが亡くなって二年ほど経った頃のもので、A子さんもわたしとえきが戦時中に離別した母子であることを知っていたので、いきおい話の内容がそんな方向にすすんだということもあるのだが、とにかくその話をきいて、わたしは舞台に羽織姿で立って「斯の身飢うれば…」と吟じるえきの姿が、すぐ目の前にあるような気持ちになったのだった。

そしてふと、えきが数ある詩吟のなかでとりわけこの『棄児行』を好んだのには、やはりわたしとの再会が大きく影響しているのではないかと思った。

えきは『棄児行』を吟じながら、戦時中に心ならずも生き別れし、戦後三十余年も経ってとつぜん登場したわが子凌の、幼い頃の姿を思いうかべていたのではなかろうか。それは畢竟、えきがわたしと別れた当時のえきに立ち返るということでもあっただろう。「捨つるが是か、捨ざるが非か」、迷いに迷い、悩みに悩んで凌を手放したときのえきの心境は、まさしく『棄児行』の詩そのものであった。えきはこの詩吟を吟じながら、わたしと別れた三十数年前の、二十三歳の自分になっていたのではないか。

えきが『棄児行』をえらんだのは、あえて自分をそこに立たせようという覚悟の表明であったのだろうと、わたしは思った。

それにしてもだ。

わが血族（じっさいには血をひいていない養父母をふくむのだが）は、どうしてこんなに芸ゴトに縁があるのだろう。

前章、前々章で書いたように、養父母の窪島茂、ハツ夫婦も浪曲と縁があったし、養母の加瀬えきは詩吟をやっていた。ハツが得意演目にしていた浪曲は『藪井玄醫』という親子モノだったし、えきも詩吟の『棄児行』が好きで吟じていたという。両方とも親と子の別れをテーマにしたもので、しかも同じような運命を背負った養母と生母が、それをオハコにしていたというのが面白い。こんな出来すぎた話があるだろうか。

だいたい、わたしの運命からして、他人からみれば少々眉ツバものというか、どこか芝居がかっている。二歳のとき生父母と別れた子が、二十数年がかりで有名作家の生父を探しあて、それを知って名のり出てきた生母と戦後三十余年ぶりの涙の対面を果たす、これだってちょっと出来すぎたドラマじゃないだろうか。当のわたしがいうのも変なのだが、仮にテレビドラマにするにしても（じっさいわたしの『父への手紙』という小説はＮＨＫの連続ドラマになったのだが)、あんまり現実味のない物語というしかないのである。

しかし、わたしたちにとってこれは紛うことなき「現実」なのだ。

思うのだが、そんな「現実」をつきつけられた人は戦争中にはたくさんいた。あの中国残留孤児とよばれる人たちだってそうだった。かつての日中、太平洋戦争下、多くの戦災孤児が生まれたが、とりわけ戦火の中国大陸で日本人の肉親と離れ離れになり、心やさしい中国人の養父母に育てられた子たちは、一生涯真の親も真の故郷も知らぬという運命を受容しなければならなかった。自分を生んだ親の顔を知らず、名も知らず、生まれた故郷も知らないという孤児たちが、あの頃あちこちにいたのだ。『藪井玄醫』や『棄児行』みたいな話は、そこらじゅうにゴロゴロしていたのである。

作家の井出孫六氏が中国残留孤児について「彼ら彼女らには、故国に両親あるいはそのいずれかが健在であるばかりでなく、中国には育ててくれた養父母が存在する。このような人びとを孤児とよぶのは厳密さを欠くだけでなく、礼を失することになりはしまいか」と指摘されているのを読んだことがあるけれども、わたしのように幸運にも生父母と対面し、自分のルーツが判明したケースは稀で、中国残留孤児のなかには八十歳、九十歳になっても、なお「孤児」のまま生きつづけている人も多いのである。最近はめっきり新聞記事にもならなくなった「中国残留孤児問題」だが、今もどこかで、まだ見ぬ親や故郷を心に抱いて生きている人々の孤独を考えると、胸がしめつけられる。

いや、孤児だけが不幸だったのではない。その子と別れたがわの親も、終生そのことを人生の咎《とが》として背負ってあるかねばならなかった。この世の中のどこかに「あの子」はいる。知らぬ親のもとで育ち、知らぬ土地で育った「あの子」は、きっと自分のことを恨んでいるにちがいない。しかし、もう自分にはその子に詫びることも、別れたときの事情を話すこともできないのだ。孤児も孤独だったかもしれぬが、子を捨てた親も死にたいほど孤独だったのである。

えきも同じだったろう。

えきは竹田徳房とのあいだに二人の子をもうけ、幸せな結婚生活をまっとうしたが、一刻として「凌」のことを忘れたことはなかった。同じくらいの年齢の子をみれば、あ、凌もこんなくらいになったのだなと思い、成人した凌にたまらなく会いたい衝動に駆られる。そんなときは頭をふってわが子の面影を忘れようとし、今の幸せな生活に埋没しようとするのだが、いちど頭のなかに取りついた「凌」はなかなか去ってくれない。

そんなとき、えきはかならず詩吟『棄児行』を吟ずる。洗濯したてのノリの効いた羽織ハカマに身をつつみ、どうか、この声が凌のもとにとどけとばかりに吟じる。

哀愛禁ぜず　無情の涙
復《また》　児面を弄して苦思多し

児や命無くば黄泉に伴はん
児や命有らば斯の心知れ
焦心頻《しき》りに属す　良家の救《すくい》
去らんと欲して忍びず　別離の悲しみ
橋畔忽ち驚く行人の語《かたらい》　残月一声杜鵑《とりんな》啼く

初めての人にはちんぷんかんぷんかもしれぬが、『棄児行』の後半部は、前半の「斯の身飢うれば…」よりも何倍もの哀切にみちる。子よ、もし生きていないのなら黄泉の国まで自分も共にゆきたい。もしまだ命あるならば、どうか今の母の気持ちをわかっておくれ。別れたときの面影が忘れられず、別離の感傷にひたっていると、月にむかって一声啼く鳥の声がひびく。

えきは『棄児行』を吟じるときだけは、会えない凌とつきることない会話を交わすことができたのではないだろうか。

そして、えきの孤独をいっそう深めたのは、離別して三十余年経って対面した「凌」、すなわち「誠一郎」の態度が、えきに対してあまりに冷淡だったことだ。

わたしはこれまで、いくつもの本で「そのときの自分」を書いてきているが、くりかえす

とこんなふうである。気がすすまぬが、一番くわしい自著『母の日記』のなかから、えきとの再会場面を抜き書きすると

生母の加瀬益子が、まるでもうがまんしきれなくなったみたいに、当時私が貸ホールと喫茶店を営んでいた世田谷明大前の仕事場（そこが私の育った松原町の家だった）を訪ねてきたのは、手紙をもらってから三日後の八月十八日夕方のことである。私が外出先から帰ってくると、一階の喫茶店の片すみに一人の老女性が背をこごめるように腰かけていた。六十歳ちょっとぐらいにみえる、ほっそりとした背丈の、眼鏡をかけた、どことなく陰気なかんじのする女性だった。その姿は、何かこれから重大な裁きでもうける被告人か、悪いことでもしてとがめられている子どものように緊張してみえた。

「リョウちゃん……」

二階のホールへあがったとたん、母が私の前にぺたんと両手をつき、おいおいと泣き出したのでびっくりした。

「リョウちゃん、ゆるしてね、ゆるしてね……」

うわごとのようにそういって泣きじゃくるのだった。

私がだまったまま立ちすくんでいると

「私が悪い母親だったのよ、お母さんが弱虫だったのよ……だから、リョウちゃんにこんな苦労をかけて……さみしくさせて……お母さんはどんなにあやまっても罪は晴れはしないわ……でも、いつでもおまえのことを考えていた、忘れはしなかった……ゆるしておくれ、本当にこのとおり、このとおりだよ」

母の泣き声は一段とはげしくなった。

「立ちあがってください。だれかくるといけませんから」

私が思わず、肩に手をやると、母はその手をおしいだくようにして、

「ゆるしておくれ……本当は私たちが、私たちのほうからおまえをさがさなければならなかったんだよ。……それをリョウちゃんが、一生懸命にさがしてくれて……リョウちゃんは、さぞ私たちを恨んでいるだろうねぇ」

そうくりかえした。

そして、あとはうったえるようにしゃべりはじめるのだった。

「リョウちゃん、おまえはお父さんのいうことを信じているかもしれないけど、お母さんのいうこともきいとくれ……私だっておまえと別れるのはつらかった。死ぬほどかなしかった。でも、あの戦争のさなかに、私たちがおまえを手ばなさなかったら、お父さんの結核が感染して死んでいたかもしれない。何しろあの頃の結核は、本当にこわい病気だったからねぇ……私はそれがこわくて、おまえと別れる決心をしたんだよ」

そのときの私の気持ちといえば、ああ早くこの時間がすぎてくれればいい、一刻も早くこの場をにげだしたいという思いでいっぱいだったといってよい。ああイヤだ、こんなところでこんなことをしているヒマなど自分にはないはずなのだ。まだやりかけの仕事ものこっているし、早くこのおろかな愁嘆場からぬけだして次の仕事場にゆかねばならないと、私は思っていた。母の感情がたかぶればたかぶるほど、泣き声が大きくなればなるほど自分の心が遠くはなれてゆくのがふしぎだった。

だいたい私は、すでに二児の父親となった三十五歳の男である。まがりなりにも妻子をもつ家庭の長である。その男が、三十数年前の自分の名である「リョウちゃん」という名でよばれても、ぴんとこないのは当然だった。

私は思い出すのである。

私の胸にすがりつくようにしてひざまずき、哀願するように私をみあげた老いた母の姿を。鼻水をすすり、肩をふるわせ、シワばんだ頬にながれる涙をぬぐおうともせず、私の顔をくいいるようにじっとみつめていた母の眼を。

何よりも、イヤだったのは、母が私の身体をしきりとさわりたがったことだ。母はしゃべりながら、ときどきさりげなく私のひざにさわり、足にふれ、腿をなで、私にとりすがるふりをして胸にふれてきた。それが何だか、私にとっては身の毛のよだつほどに気色わるいのだった。私はそのたびに、身をさけるようにして母を遠ざけた。遠ざけても、遠ざけても、母は私の身体をさわりたがり、髪や首すじにまで手をのばそうとしてきた。しまいには私は、相当じゃけんに母の身体をつきのけねばならなかった。

もっとヒドイことが書いてあるのだが、ざっと抜き書きすれば、だいたいこんなふうな母子の対面だったのである。

えきはさぞ悲しかったろう。というより、わが目を疑ったろう。あれほど恋焦がれ、会いたかった「凌」には、もはや幼い頃の面影なぞまるでなく、のっそりとした百八十センチもの大男となって、泣きじゃくるえきの小さな身体を邪険につきのけるのである。それはどうみても、三十余年のあいだえきの心をはなれなかった「水上凌」の姿ではなく、変り果てた「窪島誠一郎」の姿なのだった。

あの小雨が降っていた再会の日、母加瀬益子はどんな思いで田無の家に帰ったのだろうか。おそらく、さみしさに押しつぶされそうな気持ちだったのではないだろうか。もちろん家に待つ夫の徳房や、子の房雄、映子にはおくびにも出せない話題だ。今日、三十年前に別れた子どもと会ってきただなんて、口がさけても言えはしない。えきはひとり、夜ふけに布団のなかで、人知れず低い咽《な》き声をもらしたのではないか。

しかし、子のほうだっていい気持ちはしなかったのである。

この引用には出てこないが、わたしが一番ききたくなかった言葉は、えきの言葉の端々にある「私だけが悪いんじゃないんだから」という言葉だった。えきは「ごめんね」「ごめんね」とくりかえし、「お母さんが悪かったんだよ」「弱かったんだよ」といいながら、かならずそのあとに、「お父さんは結核だったし」とか「家に帰ってこなかったし」とかいう理由をくっつけた。わたしはその言葉をきくのがたまらなくイヤだった。

ふた言めには、「お父さんが結核だったから」という言い訳もイヤだった。そんな理クツが通るなら、あの頃の肺病みの人はみんな子を手放したのだろうか。戦時中の肺病のおそろしさはわかったが、それをすぐに子を他家にやるという発想につなげるということが理解できなかった。たとえ肺を患っても、子どもだけをいったん親類知己の家へ預けるとか、父だけが感染予防のために家族と離れて別居するとか、その気になればいくらでも他に手だてがあったのではないか。

それと、もう一つえきが口にする「戦争のせいだった」という言葉もゆるせない。戦争さえなければ子どもを手放さずにすんだとでもいいたいのだろうか。なるほど当時の生父母の困窮生活は、あの戦争がもたらした世の中の混乱や物資不足、食糧不足をぬきには考えられなかったけれど、根本的には意志薄弱で育児意欲のなかった生父母夫婦の責任だった気がする。じっさいあの頃、どんなに生活が大変でも、着るもの食べるものに窮していても、必死にわが子を育てた親はたくさんいたのである。戦争が悪い、空襲が悪いだけで、子どもを手放す理由なんてどこにもありゃしないのである。
とにかくあのとき、わたしは泣きじゃくりうったえるえきに対して、耳をふさいで眼をつぶりたい心境だったのだ。

これも『母の日記』や『母ふたり』にさんざん書いてあることなのだが、わたしが生母のえきと二どめに会ったのは、最初の邂逅から十ヶ月ほど経った昭和五十三年の六月初め、東京新橋の第一ホテルの一室でだった。わたしはその日、明大前のホールにとつぜんかかってきたえきからの電話によび出されて、一どめの対面同様あまり気のすすまないまま、待ち合せに指定されたホテルに出かけていったのである。
えきの印象は最初とはずいぶんちがっていた。初対面のときの少し暗いアズキ色のブラウス姿より、服装もいくらか明るい感じのものになり（もえぎ色のワンピースを着て、同じ色のハンドバッグをさげていた）、ずいぶん表情もやわらかくなっていた。初めて出会ったときの、トゲトゲした物言いもすっかり影をひそめ、もう父親の悪口も、わたしを手ばなした弁解も、戦争中の苦労話もあまりしなかった。
一どか二ど
「すまなかったね、本当にながいあいだ、リョウちゃんに苦労をかけて」

そういっただけで、わたしの身体にさわりたがるような、すがりつくような態度もみせなかった。前回会ったとき、思わずそんな行動をとって、わたしがイヤな顔をしたのを覚えていたからだろう。

ホテルの部屋には夜おそく入り、じっさいに話をしたのは二時間ほどだった。話といっても、とりとめのない身辺の出来ごとや日常のことなどが多かった。母は、ことし六十五歳になるエンジニアの夫が、すでに一線を退いて営団地下鉄の技術顧問のような仕事をしていることや、もうすぐ十一歳も上の男にとつぐことになっている長女のこと、私立大学を卒業して大阪の外資系につとめていた長男が、最近東京にもどって大手の印刷会社の部長になっていることなどを話した。長男がまだ独身なのは心のこりだけど、娘は片づく先がきまったし、これでやっと一安心、自分の時間をゆっくりたのしむとしたらこれからなの、前から行きたいと思っていた外国旅行もしてみたいし、趣味の詩吟ももっと本格的に勉強して上手になりたいわ、そんなふうなことをいった。

えきは、わたしの美術館づくりのことを新聞か何かで知っていて

「リョウちゃんも、ずいぶんがんばり屋さんねぇ」

そういった。

「いいえ、ただがむしゃらに自分の尻をたたいているだけです」

わたしが答えると

「でも、りっぱだわ。きっと、お父さんよりずっとエラクなるわよ」

そういったかと思うと、わたしの顔をしみじみとみつめて
「やっぱり、そっくりねぇ、何から何まで」ふうっとため息をつく。

えきがあきらかに、わたしの顔が父親そっくりであることに落胆(?)しているのが手にとれてわかった。

「お父さんも、わたしと暮していた頃は、無我夢中で物書きをめざしていたわ」

「……」

「あなたが美術館をつくるときいて、ああやっぱりあの人の子だ、そういう血はあの人があたえたんだ、と思ったの。カエルの子はカエルって、よくいったものだと思うわ」

「……」

ああまたこんな話になってしまった、とわたしは思った。母はやはりわたしが「父に似た子」であることを、心のどこかで恨んでいるのである。恨まないまでも、どこかで嫉妬しているのである。

わたしは翌朝早く、信州の美術館に団体客がくることになっていたので、十二時すぎにはベッドに入った。となりのベッドには母が寝た。わたしは、隣りに母が寝ているかと思うと、なかなか寝つかれなかった。

「旦那さんにはね、昔の友だちのところへ泊まるからってお許しをいただいたのよ、わるい

お母さんでしょ」
母はちょっぴり媚びたような顔をこっちにむけて
「どうしても、今夜こそ、リョウちゃんとゆっくりしたかったから」
といった。わたしは何だか、そういうワザとらしい母の物言いや素振りが薄気味わるくなって、電灯をけした闇の天井をみつめてじっと息をころしていた。
すると
「リョウちゃん……」
えきは、わたしから天井のほうに眼をはなして
「リョウちゃんは、本当はお母さんとは会いたくなかったんでしょ。お母さんが勝手に名のり出てきたから、仕方なく会ったんでしょ、ね、そうなんでしょ」
少し詰問するような口調でいうのだった。
わたしは黙って、天井をみていた。
えきも黙った。
が、やがて
「でも、いいのよ、お母さんはこうやってあなたと念願の一夜をすごすことができたんだから……もうそれだけで、それだけでじゅうぶんなのよ」
つぶやくようにいって

「本当に、本当によく生きていてくれた、本当に、本当に……」

闇のなかで、洟をすすりあげた。

わたしはそんなえきのほうには顔をむけないで、毛布のはしをひっぱりあげ、眼をつむって身体をかたくしていた。


けっきょく、これが生母えきと会った最後となった。それっきり、わたしたちは二どと対面することはなかった。

げんみつにいうと、それから何ヶ月かした秋末、えきは町内会の旅行できたといって、上田のわたしの美術館を訪ねてきてくれたことがあったのだが、そのときはちょうどわたしが仕事でアメリカに行っていて会うことができなかった。だから、この新橋第一ホテルでの一夜が、わたしたち母子の最後の夜となったのである。

えきが美術館にやってきたのは、わたしがアメリカから帰ってくる日のことで、わたしが成田からいったん東京の家に立ち寄り、その足でまっすぐ上田の美術館へもどってくると、「さきほどまで名前を名のらない六十歳ぐらいのご婦人がお待ちでした」と受付の女性がいう。わたしがその日の夕刻までには館にもどる予定だとつげると、「町内会の団体バスできていますので」と残念そうに帰っていったという。

わたしあてに置いていったという紙包みをあけてみると、ふだんわたしがあまり着る柄ではない薄鼠色の手編みのセーターと、千葉県産と書かれた落花生の袋が入っていて、それに「ゆっくりできないのでごめんね。これから寒い冬がやってくるので、風邪などひかないでがんばってください」と書いた便箋が一枚そえてあった。

えきが立ち去ってまだ一時間もしていないというので、峠一つこえたところにある別所温泉郷の観光事務所に問い合せてみると、たしかに昨夕から今朝にかけて千葉県横芝町の町内旅行の団体客が四十名ほど、別所では一番大きな旅館「花屋」ホテルに宿泊していたという。千葉県横芝といえば、えきの出生地である。田無に住んでいるはずのえきが、千葉からきたツアー客のなかに入っているのは何となくふしぎだったが、まだ横芝には姉トヨの家族が住んでいるときいていたから、ことによるとそんな横芝の親族に誘われて参加したのかもしれなかった。

だが、しばらくして、わたしはえきの長女映子からの情報によって色々なことを知る。

映子の話によると、えきが信州にやってきたのは、夫の徳房が二どめのガンの手術をうけた頃のことで、えきは夫を千葉の静かな環境で療養させるために、姉のトヨに頼んで横芝に貸し家をさがしてもらっている最中だったという。ツアーに参加したのは、たまたま横芝に住む古い友人から「別所温泉」という名をきいて衝動的に申し込んだらしいのだが、それもこれからの徳房の看護を考えると、しばらくはわたしと会うことができなくなると思い、その前にもう一ど会っておきたいと考えたからなのだそうだ。

余談だが、えきが編んでくれたセーターは、どうもわたしの趣味には合わず、それからずっと衣類箱の奥に仕舞いこまれたままになってしまったのだが、「横芝ピーナッツ園」の落花生は旨かった。千葉は落花生が特産だとはきいていたが、こんなに旨いとは知らなかった。

わたしはえきが置いていった二袋のうち、一袋だけ自分で平らげ、ちょうどその頃ちょくちょく会っていた水上勉がカンズメになっているホテルオークラに一袋持ってゆき、二人してポリポリえきの落花生を食べた。

もちろん、その落花生が生母のえきから貰ったものだなどということは、父親にはいわなかった。

水上は書きかけの原稿を中断して、わたしが抱えた落花生の袋に何ども手を突っこみ

「やっぱり、千葉のは旨いな」

いいながら、落花生の実をぽんぽんと口に放りこんだ。二人ともヒョウタン殻の落花生を割るのが下手で、あたりいちめんに無数の破片がちらばり、父の部屋着にもわたしのセーターにも、落花生のカラがカミソリの刃のように突きささった。

わたしの眼には一瞬、その落花生の小さな破片が、加瀬益子がわたしたち父子に投げつける手裏剣のように見えて、身体がちぢんだ。

加瀬えきのとつぜんの訃報がとどいたのは、えきが「信濃デッサン館」を訪ねてきてから

五年がすぎた、平成十一年六月末のある日だった。

訃報がとどいたといっても、加瀬家からわたしに連絡があったというわけではなく、いつものように逗子に住んでいる妹の映子から電話をもらって知ったことだった。

えきが亡くなったのは、映子が電話をかけてきた日より二週間ほど前の、平成十一年六月十一日の夕刻だったそうで、死因は「心筋梗塞」だったという。以前にも一ど軽度の心臓発作でたおれ、三ヶ月に一どはかならず検査をうけていたえきは、詩吟の練習から帰ったその日、台所でおそい夕飯の仕度をはじめたときに二どめの発作におそわれ、救急車で田無の市立病院に運ばれたのだが、その日の夜のうちに息をひきとった。

電話口でわたしが映子に

「いくつだったたっけ」

ときくと

「大正六年の六月二十九日生まれだから、あと半年ほどで八十二歳になるところだったわ。今年は少し盛大な誕生会をして驚かせてあげたいと、みんなで話していたんだけどね」

さすがに映子の声は沈んでいた。

それにしても、人間というのは簡単に死ぬものなんだなとわたしは思った。

というのは、それよりほんの何日か前、妻の紀子から「今度、お母さんから田無のホールで詩吟の大会がひらかれるので、ぜひきてくれっていう招待状をもらったの」という電話をうけていたからである。わたしとえきの交際は断絶しても、ここ数年は二、三ヶ月に一どくらいの割合で、成城の家族とえきの交流は変わりなくつづいていたので、少しは安心していたところなのだった。

心臓疾患がコワイ病気だということは知っていたが、まさかこんなに急に死んでしまうなんて、とわたしは思った。新橋のホテルで泊まったときも、隣のベッドでえきが「私ね、瘠せっぽっちだけどどこも悪くないのよ。そりゃこの歳だから、階段の上がり下がりには心臓パクパクしちゃうけど、友だちからは若い、若いっていわれてるの」といっていたからだ。

半分、狐につままれたような気持ちで

「お墓は？」

つぶやくようにきくと

「千駄ヶ谷の瑞円寺というお寺。曹洞宗のお寺で、竹田家の代々の菩提寺なの……こんど、私が案内するわ」

と映子はいった。

いざえきに死なれてみると、わたしの心には後悔の波がおそってきた。

せめて、えきが美術館にきてくれたときにもう一ど会っておきたかったと思った。夫の徳房が病にたおれた時期でもあったから、たぶんえきはわたしに色々話したいことがあったにちがいない。わざわざ団体ツアーに申し込んでまできてくれたのに、そこでもわが子と会うことができなかったえきが不憫だった。もうえきのところから、横芝名物の落花生も、手編みのセーターも送られてくることはない。一どめも二どめも、あんな会い方をして、えきはどんなにさみしい気持ちで死んでいったことだろうと思った。

とにかく、えきに対してわたしはいつも冷たい態度で接し、手も握ってやらず、とうとうそのままの関係で今日まできてしまった。ついに一言も母親に感謝の言葉も、労《ねぎら》いの言葉もつげぬまま、別れのときをむかえてしまったのだ。仕方ない、という思いと、なぜ自分はえきに対してもう少し優しくしてやれなかったのだろうという思いとが、わたしの心の奥でせつなく交錯していた。

えきが病気（心筋梗塞）で亡くなったのではなく、自ら首を吊って死んだということを知らされたのは、それからさらに四年近く経ってからだった。

たまたま横浜のホテルで毎年やっている親しいヴァイオリニストの演奏とわたしの短い講演のある昼食会に、逗子から妹の映子が参加してくれたのだが、そのとき映子が、少し口ごもりながら、

「じつは、お兄さんにかくしてきたことがあるの」

といった。

わたしが何かと思っていると

「本当はお母さんね、病気で亡くなったんじゃなくて、自殺だったの」

と映子はいう。

「お兄さんに黙っていたのは、私の独断だったんだけど、このあいだ多古町の勉おじさんにそのことをいったら、すごく叱られちゃって……」

多古町の勉おじさんというのは、あの三里塚反対闘争の最後の闘士といわれる有名な活動家で、えきの姉のトヨの長男である。今頃になって、えきの自殺をわたしに知らせることになったのは、その加瀬勉さんから「そんなことを誠一郎君にかくしていてどうする」と叱責されたからだという。

「なぜ、ぼくには黙っていたの?」

わたしがきくと
「何となく……お兄さんが、自分を責めちゃうんじゃないかと思って」

と映子はうつむいた。

えきの自殺の真相はこうだった。

平成十一年六月十一日の夕刻、長男の房雄が勤めから田無の家に帰ってくると、いつもは居間にすわっているはずのえきの姿がないので、ふだんあまり使っていない奥の六畳間をのぞくと、鴨居にクギを打って着物の下紐をくくりつけ縊死しているえきをみつけた。その日えきは午前中から、上石神井の詩吟教室で何日後かに近づいている大会のための稽古をしていたそうで、いつも着てゆく白絣に紺の菖蒲《あやめ》の柄をあしらった少し派手な着物を着ていて、真っさらな白足袋も履いたままだった。

死に化粧のつもりだったのか、それとも数日後の舞台のための予習だったのか、えきの唇にはいつもより念入りな紅がひかれ、とても死人とは思えないキレイな顔をしていたという。駆けつけた救急隊員と房雄がえきの身体を抱えおろすと、えきはぐったりと房雄の腕にもたれかかった。

遺書もなく、仏壇の引き出しに家の権利書と、何冊かのえき名義の預金通帳がゴム輪でくくって入れてあっただけだった。

「ぼくにあてた遺書もなかったんだね」

わたしが念を押すと

「何もなかったわ、私にも房雄にも何ものこしていかなかった」

のど元まで、えきの自死には自分のことが関係しているのではないか、という問いが出かかったが、わたしはこらえた。

すると、映子はそんなわたしの気持ちを察したのか

「大丈夫よ、心配しないで。お兄さんのせいじゃないわ。詩吟の準備も、今回はあんまりうまくすすんでいなかったみたいだし、ふだんから多少ウツの症状もあったしね。疲れて家に帰ってきたら、急に何もかもイヤになっちゃったんだと思う」

わたしは、えきが意を決したように信州の美術館を訪ねてきたときのことを思い出した。えきは館の裏手にある真言宗前山寺の境内を散策したり、重要文化財の三重塔をみたり、館の喫茶室でコーヒーをのんだりしてわたしの帰りを待っていたが、上田行きの団体バスの発車時刻がきたので仕方なさそうに立ち上り、わたしのために編んだと思われる毛糸のセーターと手紙を置いて帰っていった。ことによると、あのときすでにえきは、もうわたしとは会えないだろうと覚悟していたのではないかと思った。もう二どと「リョウ」に自分から会いにくることはないだろうと心にきめて、さみしく家路についたのではないかと思った。

もちろん、そのときには、何年後かに自ら命を断とうなどとは考えていなかっただろうが、えきにとってあの信州詣では、自分の過去と完全に決別し、現在闘病の床にある夫徳房の看病に、余生のすべてを賭けたいという決意をわたしにつげるための旅ではなかったか。

でもね、と映子はいった。

「母は最後まで、お兄さんのこと悪くはいってなかったわ。あの子は私の誇りだといっていた。将来きっと、父親に負けない仕事をする子だともいっていたわ。あの子は戦争に苦労したから、同じような苦労をした人たちの役に立とうと思って、一生懸命なんだっていってた」

映子がいった「あの子は戦争に苦労したから……」という下りは、たぶんえきがわたしを手放した要因の一つに「戦争」という時代が深く影をおとしていたという意味なのだろう。

えきと出会った頃、わたしは三十五歳、えきが「おまえと別れたときは戦争だったから」という言葉に抵抗をおぼえ、その言葉をきくたびに、何かえきがわたしを養育しなかったことをムリヤリ戦争のせいにしているという気がしていたのだが、もう六十路半ばになったわたしには、ようやくその「戦争」のもつ非道さや不条理さがわかりかけてきていた。高まる軍靴の音、いつくるかわからぬ召集令状、空襲の恐怖。たしかに水上勉、加瀬益子夫婦には、わたしの養育を放棄した責任があったが、それはあのすべての国民が貧窮と飢えに苦しみ、戦火をのがれて逃げまどっていた時代に生じた出来ごとであることも忘れてはならない。もしあの戦争がなかったら、水上勉も加瀬益子もあれほどの困窮には苦しまず、わたしを手放すことなどなかったかもしれないのだ。

それに、えきがいっていたという「同じように戦争で苦労した人たち」のなかには、わたしを水上夫婦から窪島夫婦に手渡す仲介役を果たした明大生山下義正さん、静香さん夫婦もふくまれていたろう。苦労どころか、山下さんはわたしを窪島夫婦に手渡した数ヶ月後に学徒出陣、「リョウちゃんには幸せになってほしい」と妻静香さんに言いのこして二十七歳でフィリピンで戦死している。「あの子はそういう人たちの役に立とうと思って……」という言葉はあまりに面映ゆかったが、いわれてみれば、わたしが現在営んでいる戦没画学生や夭折画家の美術館が、そうしたことと無縁に存在しているとは思えないのである。

最近のことだが、そんな加瀬益子とわたしをつなぐ「戦争」についてあらためて考えさせられる一通の手紙が、信州のわたしのもとにとどいたので、それをこの章の終りに紹介させてもらう。

手紙を下さったのはノンフィクション作家であり、東京江東区北砂一丁目にある「東京大空襲・戦災資料センター」の所長でもある早乙女勝元先生である。先生のお名前は、これまでに新聞や雑誌でもよく拝見してきたし、何より先生の代表作品『東京大空襲』(岩波書房刊)はわたしも何ども読み返したベストセラーの名著である。

その早乙女先生からの手紙は、要約するとこんな内容だった。

拝啓　最近貴男が劇団文化座のパンフレットに書かれた一文に接し、貴男の亡くなったお母様加瀬益子さんが、戦前東亜研究所に勤務なさっていたことを知り、一筆認めたくなった次第です。当時お茶の水にあった東亜研究所は、現在私が所長をつとめる「東京大空襲・戦災資料センター」の前身にあたります。そこに何と貴男のお母様が勤務されていたという奇縁には、現在貴男が運営されている戦没画学生慰霊美術館のお仕事とも重ね合わせ、何ともいえぬ感慨を抱きました。近代史的には、一九三七年に企画院の外郭団体として設立された東亜研究所は、一面において一億総動員を補完するアジア屈指の調査機関でしたが、調査研究にはリベラルな識者も多く参加しており、戦後は機関内の「民主化」にも真摯に取り組んでいた団体でした。そして、東亜研究所は二〇〇三年に、現在私どもが運営する「東京大空襲・戦災資料センター」設立の礎となったのです。
その研究所に、若き頃のお母様がお勤めになられていた。すでにOBとなった何人かに聞いたところ、母上はオルグ演説草稿の下書きなどを担当されていたようですが、当時としては想像するだに進取的、進歩的な女性であったのでしょう。その後母上は研究所をお辞めになって結婚、市井の一主婦として積極的に文化活動に加わっておられたのですね。そこには、母上が戦後日本が獲得した平和の尊さを、身をもって体現されようとする強い意志が感じられてなりません。今の貴男のお仕事の根もとにも、そんな母上の遺伝子の一端をみる思いがするのです。

小生も今年八十六歳の齢《よわい》ながら、風化されつつある戦争の記憶を少しでも次代の若者たちに引き継ぐべく頑張っております。貴男もどうか健康に留意され、益々お励み下さい。亡くなった母上のためにも。

生父の章

「生父」と書いて気がついたのだが、辞書を引いても「生父」という言葉は出てこない。「生母」「生父母」、「実母」「実父」はあっても、「生父」はない。子を生んだ母は存在しても、子を生んだ父は存在しないのである。

だが、何となくわたしは、「実父」という言葉よりも「生父」と書くほうが落ち着く。「実父母」より「生父母」のほうがしっくりとくる。実際の両親よりも、生んでくれた両親と言ったほうが胸に落ちるのである。

わたしの生父は水上勉という作家である。最近はあまり本が読まれない時代になったので、ミズカミツトムときいてもぴんとこない人も出てきたようだが、昭和三十年代後半から五、六十年代にかけて、文芸誌をひらけばこの人の名が出ていないときはないといったくらいの売れっ子作家だった。『飢餓海峡』とか『霧と影』といった社会派小説から、『越前竹人形』や『越後つついし親不知』といった抒情的な作品は、ときに映画にときに舞台となり、二〇〇四年九月八日に八十五歳で他界するまで、水上勉は日本文学界のトップランナーでありつづけた。

その長男がわたしである。

但し、前の章でも再三ふれているように、わたしは水上勉と一時期同棲していた加瀬益子という女性のあいだに生まれた子で、二歳と九日のときに生活苦から窪島茂、ハツという靴修理職人夫婦のもとに養子（戸籍上は実子）に出され、三十五歳で生父母と再会するまで、生父の顔も生母の顔も知らずに育った。もちろん、有名作家だった父の顔は新聞やテレビにしょっちゅう出ていたから、その鼻梁の高い端整な容貌（ホントに父はイケメンだった！）はよく見ていたのだが、それはわたしがかれを自分の父だとは知らなかった時代のことなので、あくまでも水上勉は、わたしとは縁もゆかりもない「他人」でしかなかったのである。

わたしが自分の出生に疑問をもちはじめたのは、小学校の高学年になった頃からである。それまでにも、人一倍小さな身体の両親なのに、自分はなぜこんなに大きな子（中学に入った頃すでに背丈が百七十センチをこえていた）に育ったんだろうとか、父や母は新聞も本も読まない無教養な職人夫婦なのに、なぜ自分は幼い頃から本を読んだり絵を描いたりするのが好きになったんだろうとか、子ども心に「変だな」と思うことはあったのだが、小学校四年のときに例の「誠ちゃんにかかった生活費」というメモを発見したり、わたしが小さい時分からもっていたアレルギー性の皮膚炎について、医者から「これはご両親からの遺伝でしょう」といわれたのに、茂にもハツにもまったくその兆候がないことを知ったあたりから、「この人たちは自分の本当の親ではないのではないか」「ことによると自分の本当の親は他にいるのではないか」という疑いを抱きはじめたのである。

そうした養父母に対する疑問は、成人するにつれてますます深まってゆき、やがてわたしは「真実の親」を自分の力でつきとめようと決心する。いくら問い質《ただ》しても、茂やハツが頑強に「本当のこと」をわたしに話してくれなかったからである。

わたしが高校を出てからしばらく渋谷の服地店につとめ、その後バーテンや印刷工といった職業を転々、明大前の八坪ほどのオンボロ借家を改造してスナックを開業し、それが折からのオリンピック景気にのっておおいに繁盛したことは前に書いた通りだが、やがてわたしは、五店にまでふえたスナック商売に見切りをつけ、渋谷の明治通りに小さな画廊（養父茂の兄清氏が所有していた貸しビルの二階を格安で借りた）を開業する。わたしの「親さがし」が一挙に加速するのはこの頃からである。店に縛りつけられているスナックより、絵の仕入れや地方でひらく展覧会のために全国あちこち出歩く「画商」のほうが、自分の幼少期のことを調査したり、関係者を訪問したりするには何となく都合がよかったからだ。

養父母が靴屋の二階で明大生相手の下宿をやっていた頃、そこに住んでいた何人かの学生さんのもとを訪ねたのを手はじめに、ハツが浪曲家をしていた頃世話になっていたという芙蓉軒麗花さんの住む大阪鴻池新田、戦時中に疎開していた茂の職人仲間鶴岡正松さんのいる宮城県石巻、わたしを窪島家に手渡したのち戦死した磐田市の山下義正さんの生家や、未亡人の静香さんが暮す富士宮市……わたしの「親さがし」はトントン拍子にすすみ、ついに昭和五十二年六月、生父である水上勉氏と奇跡の再会を果たす。それまでの紆余曲折のいきさつは、わたしが四年後の昭和五十六年に出版した『父への手紙』という本にくわしいのだが、とにかくわたしはその有名作家の父と出会ったことによって、一時は週刊誌やテレビにも追いかけられ一躍時の人となったのである。

ある日地下鉄にのったら、中吊り広告に「事実は小説よりも奇なり——水上勉父子奇跡の再会」という大きな見出しがおどり、そこに（よほど写真が間に合わなかったのか）わたしのニキビ面の高校時代の顔がデカデカと出ているのを見たときには、死ぬほど恥かしかった。

では、そんなわたしの眼にうつった生父水上勉はどんな人だったのか。

水上勉は大正八年三月八日に福島県若狭の貧しい棺桶大工の次男に生まれ、口べらしのため九歳で京都の禅寺に奉公に出され、十三歳でその寺を脱走して花園中学を卒業、立命館大学の夜間部に入ったものの、やがてそこも中退し、その後東京に出て文学修行にはげむが芽が出ず、軟膏売りから洋服の行商まで二十指におよぶ職業を経験した苦労人の作家として知られる。直木賞を受賞した『雁の寺』も、晩年の傑作といわれる『金閣炎上』も、寺に奉公していた頃に見聞した仏教界の矛盾や暗部をあばいた小説で、その他にも『フライパンの歌』とか『凍てる庭』とか、自らの苦節時代をテーマにした私小説が数え切れないくらいある。

わたしが再会したときの生父はまだ五十八歳、一番油ののった多忙期にあって、都心のホテルや世田谷の自宅で一日何十枚もの原稿を書きまくっていた。わたしが初めて父と会ったのは、昭和五十二年六月十八日、父がもう一つの仕事場にしている軽井沢南ヶ丘の山荘でだったが、とにかくそのときの水上勉はカッコよく若々しかった。

わたしが広々とした床暖房の効いた応接間で緊張してすわって待っていると、奥の廊下からコホンという小さな咳払いがきこえ、やがて障子をあけて父が姿をあらわしたのだが、明るいブルーのVネックセーターを着て、前髪をハラリと額に垂らしたその顔は、まるで映画スターが登場したかと思うような華やかさをそなえていた。それまでのわたしの父親像といえば、朝から晩まで靴修理で革クズまみれになって働いている窪島茂の姿しか知らなかったわけだから、わたしは思わず眼を見張った。この人が、本当に自分の父なのか。

だが、血は争えないとはこういうことなのだろう、わたしたちは二、三十分もすると、共通の関心事である文学のことや美術のことを夢中で話しはじめた。最近みた演劇や映画の、あの場面のあの役者の演技はこうだったとか、昔読んだ何々という作家の小説のなかにこんな一場面があったとか、わたしは初対面の父にむかって、まったく物おじすることなく旧来の友だちに語りかけるように話をすることができたのである。変な言い方だが、わたしは三十数年押えに押えつづけてきた自分の本当の姿を、生父の前にすわったとたん、まるで湯もどしにでもあったみたいに取り戻してゆくのがわかった。ああ、そうだった、自分は本当はこういう話を、こういう父親と話したかったのだという感激が、わたしの身体をはげしくゆさぶり、胸のなかに熱いものがこみあげてくるのを押えきれなかった。

そこで、わたしは自分に問いたいのだが、もしわたしの出会った父親が売れっ子作家などでなく、そこらへんの商家のオヤジか中小企業の課長さんか何かだったら、わたしは同じように胸を熱くしただろうかという疑問である。戦時中に離別して、戦後三十余年の空白を経てから再会したのだから、「真実の父親」と出会ったという感激に変わりはないはずなのだが、やはりわたしは、自分の父親が「水上勉」その人であることに感動し、胸をふるわせたことを白状しないわけにはゆかない。わたしは出会った父親がどこにでもいる市井の一庶民ではなく、世間に多くの文学作品を発表して認められている著名な小説家であったことに驚愕し、昂奮し、満足し、感動したのである。

早いはなし、世間では戦時下に別れた父子が奇跡的にめぐり会うという「美談」として報じられた事件ではあったが、それはあくまでも、父が水上勉であったことによって数倍ドラマチックな再会物語になったことだけはたしかなのである。

では、生父である水上勉のほうはどうだったのだろうか。

じつは、父は父で、わたしから「わたしはあなたの子どもです。会ってください」という手紙をもらったとき、二、三心当りの人にわたしのことをきき回ったらしいのである。いわば、わたしの身辺調査（?）をしたらしいのである。

あとから知ったことだが、父はわたしの手紙を受け取った数日後、たまたま某誌の企画で詩人の松永伍一さんと対談する機会があり、そのとき美術方面にくわしい松永さんに「クボシマという男を知っているか」

と尋ねたのだそうだ。

すると松永さんは
「ああ、渋谷で画廊をやっている男ですよ。早世した画家ばかりを追いかけている、ちょっと変ったところのある男です。なかなか書くものもしっかりしていて、ときどき美術雑誌に評論やエッセイを発表しているようですよ」

と答えた。クボシマは信用のおける男です、といってくれたのである。

それはそうで、わたしは松永さんとは父と会うずっと前からの知り合いで、わたしの画廊で「松永伍一詩画展」をやったことがあるほどの仲だったから、かれがわたしを悪くいうはずはないのである。

また、水上勉はわたしと軽井沢で対面する前々日にも、神戸在住の洋画家小磯良平氏に電話をかけ、わたしのことをきき出していたという。

しかし、この小磯良平画伯ともわたしは旧《ふる》くからお付き合いがあり、わたしが当時何年がかりかで評伝を書いていた日系画家野田英夫（一九三九年三十歳で病没）が、小磯画伯と新制作派協会創立時のメンバーだったこともあって、色々その頃の思い出を聞かせてもらっていた仲だったのである。

「いやぁ、クボシマ君はユニークな人物でしてね、もう何十年も前に亡くなったぼくの親友の絵描きのことを、一生懸命調べて回っている。近頃めったに会うことのない気骨のある男じゃないですかな」

そんなふうに、父親の水上勉が「あなたの子です」と名のり出てきたわたしを調査した相手が、いづれもわたしの日頃からの知己であり、わたしの仕事を評価してくれていた人たちだったことは、何より幸運なことだったといわねばならないだろう。

とにかくそれをきいて、父はすっかり「安心して」わたしと会う気持ちになったらしいのだ。

考えてみれば、父の心配は当然だったと思う。何しろ、とつぜん「あなたの子です」と名のり出てきた子である。どこの馬の骨ともわからない男の出現である。たしかに父には心当りのある子ではあったが、だからといって、その男が正真正銘「その子」であるという証拠はなく、どのような素姓をもつ男であるかもわからないのだ。相手が有名作家だとわかれば、とんでもない無理難題をふっかけてくる可能性だってある。こりゃあ一ど、調べてみる必要があると考えたのは当然のことなのである。

これものちに人からきいた話だが、父は後年しみじみと

「いやぁ、ぼくはツイとったよ。現われた子がヤクザだったり浮浪者だったりしても、ぼくは何の文句もいえない父親だったんだからねぇ。……それが、健康な三十五歳の男に育って、いっぱしの家族をもつりっぱな社会人になってくれていたんだから、ツイとったとしかいいようがないんだ」

といっていたそうである。

たしかに、戦争中に生活苦から子を捨てた生父にしてみれば、名のり出てきた子がヤクザでもなければ浮浪者でもなかったことに、内心ホッと胸を撫でおろしたというのは偽わらざる心境であったろう。

拙著『父への手紙』や『父水上勉』のなかでも書いているが、その後のわたしたち父子は、文字通り相思相愛というか、蜜月の間柄となった。わたしは超イケメンの売れっ子作家の父に夢中になり、父のほうも身辺調査に合格したわたしを新しい「わが子」として認知し、歓迎してくれたのだった。父にはわたしとはべつに二人の娘がいて、長女は父が加瀬益子と別れたあと同棲した松守敏子という女性のあいだに生まれた蕗子で、その後結婚した叡子とのあいだにできたのが直子だった。直子は先天性の脊椎破裂症をもって生まれてきた子で、『くるま椅子の歌』をはじめとするいくつもの父の小説やエッセイの主人公になった。そんな女の子二人の父だった水上勉にとって、とつぜん「あなたの子です」と名のり出てきた子どもが五体健康な男の子で、しかもすでに一男一女をもつ家庭の長であり、まがりなりにも渋谷の目抜き通りで画廊を経営、明大前で貸ホールもやっているいっぱしの事業家になっていたのだから、これは天から舞いおりてきた儲けものじゃないかと歓んだ気持ちもわかるのである。

わたしが昭和五十四年六月に、同じ信州の上田に「信濃デッサン館」を建設したことで、軽井沢に住む生父とはますます交流が盛んになった。わたしは東京に用があって車でゆくときなどは、かならず途中の南ヶ丘の父の山荘に立ち寄り、ごはんやお酒をごちそうになった。お酒が入ったときには、離れの座敷に泊まらせてもらったりした。

いつ行っても父の山荘には若い女性たちがいた。父が作品を提供している劇団の女優さんや、原稿を取りにきている女性編集者、どこかの画廊主人、故郷若狭で竹人形をつくっている女性竹細工師さん、それに年頃のお手伝いの女性や、長女の蕗ちゃんが加わるのだから、台所やダイニングはいつも賑やかだった。父が一仕事終えて奥の書斎からダイニングに顔を出すと、女性陣がこぞって父の食膳の仕度にとりかかり、ちょっと薄めのスコッチの水割りを甲斐々しく用意した。そして、父が語る軽妙な文学談、演劇談、他愛ない世間ばなしに聞き惚れるのだった。それほど父の話は面白く、若い女性たちの関心を惹きつけた。

わたしはそんな水上勉をみていて、自分を育てた窪島茂の姿を思い重ねぬわけにはゆかなかった。才能、才覚の差といってしまえばそれまでだったが、一日じゅう手を真っ黒にして働き、親子三人センベイぶとんにくるまって寝ていた養父の窪島茂と、あちこちに家作やマンションをもち、軽井沢に千坪余もある山荘をかまえ、有名女優さんと浮き名をながし、つねにマスコミや世間の耳目をあつめる人気作家の生父の生活には、同じ父親でありながらあまりに大きな違いがあるのだった。しかも、血のつながりのないわたしを育てたのはその貧しい靴職人の窪島茂のほうであり、生父の水上勉はわたしが出現するまで、わたしの存在さえ忘れていた甚だ無責任で薄情な父親なのだ。ああ、何という運命の皮肉、人生の矛盾。

そして、生父と養父の何よりの違いは、生父が過去の苦労や辛酸をタネにしていくつもの小説を書き、むしろ苦難の体験を人生の糧にしているのにくらべ、窪島茂はいつまでも「戦争」や「空襲」の不運を呪い、運に恵まれなかった自分の人生を恨んで生きていることなのだった。早いはなし、水上勉は書いている小説はどちらかといえば暗いふんいきのものが多かったが、本人自身はきわめて楽天的で朗らかで、物事をプラスに考えるタイプの人だった。何かにつけてメソメソ、クヨクヨ、マイナス志向だった窪島茂とは、そこが大違いだったのである。

これもいかに生父がプラス志向の人間かを表わす証拠のように思うのだが、生父の水上勉は、なぜかあまり母親の加瀬益子の話をしようとしなかった。戦後三十余年ぶりに登場したわが子とむかいあえば、自然と母親のえきの話題が出ると思っていたのだが、水上勉はめったにえきの話をしなかった。というより、生父にとってえきは三十何年も前に別れた「過去の女」であり、もはやあまり関心がないといったふうなのだった。それはわたしの養父母に対しても同じだった。最初の頃は、「ハツさんは何歳になるのかのう」とか「茂さんは今でも靴の修理をやってんのかい」とかきいてくることがあったが、一、二ヶ月もすると、もうほとんど養父母について話をすることはなくなった。水上勉にとっては、眼の前にいるわたしという子どもには関心があっても、その子の母親であり一時期いっしょに暮した加瀬益子や、わたしを育てた養父母についてはほとんど興味をもっていないようなのだった。

わたしは、「文学」とはふしぎなものだと思った。

作家水上勉の文学作品といえば、母と子の別れや人生の哀別離苦、幸薄い女の生涯を語ったものが多い。社会の底辺で生きる庶民が、懸命に運命に諍《あらが》い、懸命に人を愛そうとする姿をとらえた作品が多い。にもかかわらず、奥さんの叡子さんにいわせれば、「あの人は自分の娘を一ども抱いたことのない人」なのだという。忙しい執筆や取材、講演のために家をあけることが多く、めったに家族と食事することなどないし、娘の遊び相手になっている姿など一ども見たことがない。しかし、そんな父親が、ひとたびペンをとれば、万余の読者を泣かせる親子の絆や別れの物語を書くのである。人が人を愛する姿のけなげさ、人間という生き物の愛おしさを諄々と説くのである。つくづく、「文学」とはふしぎなものだというしかない。

父の文章のなかに「小説は虚と実のあいだに生まれるもの」という一節があったのを思い出す。人間の悲喜哀歓を表現するには、ただ単に「事実」を伝えるばかりではなく、人間の心奥にひそむ「虚」の部分をも伝えねばならない。いい小説にはいいウソがあるものだ、と何だか禅問答のような文章があったのを思い出すのである。たしかに「文学」とはそういうものなのかもしれない。水上勉があれほどの男女の心の機微や、親子の情愛物語を描けたのは、水上勉自身にそうした人間への温情というか、家族への労りが欠如していたからではないのか、むしろ父が「非情な眼をもつ人」だったからではないかと、ふと考えたりもするのである。

同時に、わたしが気づいたのは、そんな生父の性格をかなり色濃く自分が受け継いでいるということだった。

わたしの場合は、父のような人気作家ではなかったが、それでも東京に妻子を放ったらかしにし、上田に美術館をつくって一人暮ししているという点では同じだった。戦没画学生や夭折画家の遺作さがし、展覧会の開催、講演などで全国をとび回っている生活もどこか似ていた。自分が生父と同じような「非情な眼をもつ人」であるとは思いたくなかったが、見知らぬ画学生の遺族と親しくしているわりには、肝心の足もとの家族をおろそかにしているところは、三十数年ぶりに再会した生父とそっくりなのである。

わたしは、あらためて父と自分をつなぐ「血」というもののこわさに気づいて、ゾクッとした。

わたしが父から受けた影響は数えあげればキリがないのだが、反対に父がわたしから受けた影響もあった。

まず一つは、父がわたしの建てた私設美術館「信濃デッサン館」におおいに刺激をうけ、昭和六十年の春に父の生まれ故郷である福井県大飯町岡田の近くに、父のこれまでの創作活動の綜合資料館とでもいっていい「若州一滴文庫」を建設したことである。生家のある岡田部落から少し離れた元中学校の敷地約一千坪を買い取り、そこに父のライフワークである竹人形芝居の木偶、面、舞台写真などを飾る「竹人形館」や「くるま椅子劇場」「図書資料館」「ギャラリー」などを併設した、いってみれば「水上勉ワールド」とでもいうべき一大文学テーマパークを建設してしまったのである。「ギャラリー」には、それまで父と付き合いのあった日本画家、洋画家、父の小説の挿し絵を担当した画家や装幀家たちの作品がならべられ、一見武家屋敷でも連想させるような瀟洒なカヤブキ屋根の日本家屋の二階には、「作家水上勉の文学コーナー」が設けられて、そこには父の作品のナマ原稿から参考資料、筆記具、文学賞の賞状、楯、メダルなどが展示され、これまでに刊行された百余冊にもおよぶ書籍がぎっしりとならんでいた。

これはどうみても、わたしの「信濃デッサン館」に影響を受けた施設だった。もちろん内容や目的はまるでちがっていたのだが、少なくともわたしの美術館をヒントにつくられた施設であることはたしかだった。もし父が「信濃デッサン館」を知らなかったら、いやわたしという子どもと再会しなかったら、故郷に「若州一滴文庫」をつくるなんて構想はうかんでこなかったろう。

昭和五十四年六月に上田に開館した「信濃デッサン館」の開館式にきたときも、父はわたしが苦労してコレクションした村山槐多や関根正二の絵にはほんのちょっぴり眼をあてただ

けで、三角屋根のブロック造り、安普請の美術館の壁をトントンと叩いたり、天井を見上げたりしながら

「これ、いくらかかったんや」

とか

「敷地はどれくらいあるんや」

とか、もっぱら館の建築のほうに興味を惹かれていたのを思い出す。

そして——それからほんの一年くらいのあいだに、故郷岡田の土地の買収にのり出し、顔見知りだった地元業者に建設を依頼、あれよあれよというまに「若州一滴文庫」をつくりあげてしまったのだ。

わたしは、その父の「実行力」というか、「行動力」にたまげるしかなかった。

だいたい、わたしは最初に父から「若州一滴文庫」の計画をきいたとき反対したのだった。わたしのような無名の画廊主が美術館をつくるのとはわけがちがう。父はすでに文壇で知らぬ者はいない地位にのぼりつめた作家であり、数々の名作を世に出し、多くの愛読者をもち、文学界に確固たる地歩を築き上げた文豪だ。そんな父が、六十をすぎた今になって、わざわざ故郷にそんな施設をつくる必要があるのか。これまでの「水上文学」でじゅうぶんではないか。むしろ、いいかげんな施設をつくって、途中で経営不振におちいって投げ出しでもしたら、かえって水上勉のブランドに傷がつくのではないか。

しかし、いくらわたしが反対意見をのべても、ついに父はそれを実行してしまったのである。

おどろいたのは、実業家はだしの父の錬金術ぶりだった。もともとベストセラーを何冊も出しているような人気作家だし、お金には余裕があったのかもしれないのだが、それにしても「若州一滴文庫」建設に用意せねばならぬ資金は相当な額だったろう。いくら田舎の土地といっても、施設の用地買収だけでも何百万かはかかったろうし、長屋門まである本格的な和風づくりの建物の建設費だってかなりかかったはずである。そういった費用をどうやって工面するのかと思っていたら、父は忙しい原稿書きの合い間をぬって、会計士さんといっしょに付き合いのある銀行や信用金庫を歩き回り、集客施設としての「若州一滴文庫」のビジョンを熱っぽくうったえ、いくつもの書類にハンコを捺し、とうとう「若州一滴文庫」の建築ローンを組んでもらうことに成功しちゃったのである。

わたしはそんな父水上勉の姿をみて、自分がまだ二十二、三歳だった頃、スナックのチェン店を出すために銀行を走り回っていたときのことを思い出して、ちょっとおかしかった。

そこで考えるのは、やはり「血」というものについてである。

さっきも「血は争えない」などという言葉を使ったが、他にも「親の血をひく」とか「血は水よりも濃し」とかいった言葉が色々ある、当事者がいうのも変だが、たしかにわたしには父の血がながれ、父にはわたしの血がながれているのである。やること為《な》すことが、とにかく似ているのだ。額に垂れた前髪を気にしたり、時々鼻をグスンとこすったり、話す相手の顔をのぞきこむように見つめたり、わたしの所作で父と似ているところをあげたらキリがない。しかも、それが三十何年間も離れ離れに暮していた父子であるだけに、よけいふしぎに感じられるのである。

似ているのは、そうした顔かたちや表情やクセだけではない。

父は文壇屈指のハンサム文士だと紹介したが、無類の「女好き」「艶福家」としても知られている。大物女優との恋愛や、京都のクラブや料理屋の女将との噂が絶えたことのないモテモテ作家である。子どものわたしは、父の端整な容貌にはほど遠い十人並みの男だが、そうした「女好き」という点だけは父にヒケをとらないような気がする。何回か父といっしょに旅をしたり、馴じみの店に連れて行ってもらったりしたとき、父が女性にそそぐ眼の光をみていてそう思ったのである。わたしの眼にも、父と同じような女性に対する絡みつくような光があるのだった。

その他に似ているのは、一種の放浪癖だろうか。放浪癖といっていいかどうか、とにかく一ヶ所に定住することがキライで、いつもあちこちを転々としている一所不在型の生活を好むというところである。

わたしが知っているだけでも、父の居住場所(父はそこを「仕事場」とよんでいるが)は四、五ヶ所ある。まず東京の世田谷成城四丁目には八百坪もの敷地に建つ邸宅があり、そこにはふだん奥さんの叡子さん、叡子さんの妹の容子さん、それに蕗子、直子という二人の娘が住んでいる。しかし、父は都内にいるときはほとんど港区霊南坂にあるホテルオークラの、出版社が用意してくれた部屋に宿泊し仕事をしているから（業界ではこれをカンヅメという）、成城の家には年に何日間かしか帰ってこない。その他に、わたしがよく遊びにゆく軽井沢南ヶ丘の山荘、京都の百万遍にあるマンション、そして新しく建てた故郷若狭の「若州一滴文庫」の書斎が父の主な「仕事場」になっている。

そんな父の「放浪癖」にくらべたら、わたしなんてまだ序ノ口かもしれぬが、前にのべたようにわたしもまた、家族のいる東京の自宅を離れ、信州上田で独居生活をしている変わり者である。年じゅう出歩いていて、原稿も旅先のホテルで書くことが多い。ホテルオークラに専用の部屋をもっている父の身分とはちがい、わたしの場合はいつも四、五千円のビジネスホテルだが、どっちにしても重い資料鞄を下げて全国あちこちをあるいている姿は、小型版水上勉といっていい放浪者ぶりなのである。

昔から「親の悪いところばかりが似る」などといわれるが、わたしが継いだ父の血はその典型かもしれない。

それに、もう一ついえることは、もともとわたしという子がかなり「父派」に属する子だったということだろう。「父派」という言い方があるかどうか知らぬが、わたしは生まれながらに「母派」よりも「父派」、「母の血」よりも「父の血」を受け継いだ子だった。子どもの頃から「文学カブレ」していたし、他の勉強はできなくても本を読んだり、絵を描いたり作文を書いたりするのが好きだった。その意味では、生父と出会う前から、わたしの身体には生父の子にふさわしい血がながれていたといっていいのだろう。

女好き、放浪癖、家族をないがしろにする冷たい性格、それらをぜんぶ生父の血のせいにするわけにはゆかぬが、ともかくわたしが断然「父派」の子だったことはたしかなのである。

生父水上勉が一回めの心筋梗塞にたおれたのは、平成元年六月七日のことだった。日中文化交流団の団長として北京に滞在していた日の深更、天安門広場で胡耀邦元総書記の死を悼み、民主化をもとめてあつまっていた学生、市民らにむかって人民解放軍が発砲するという、いわゆる「天安門事件」が勃発し、父は宿泊先の「北京飯店」の窓からその一部始終を目撃するのだが、そのショックがひき金となったのか、帰国した日の翌朝たまたま空港から直行した成城の自宅で、とつぜん強烈な心臓の痛みに見舞われるのである。

そのときは、わたしもうろたえた。

朝早く信州の家でぼんやりテレビのニュースをみていたら、「中国から帰国後、水上勉氏倒れ危篤」という文字が流れたからだ。わたしは父が中国に発つ前にも、軽井沢の万平ホテルでステーキをご馳走になっていたので、そんなことがあるかと眼をうたがった。蕗ちゃんからの電話だと、父は救急車で駒場の国立第二病院に運ばれ緊急手術、今は集中治療室で昏睡している状況だという。わたしは取るものも取りあえず、上田の美術館から車で東京にむかった。

幸いにして、そのときは国立第二病院の石川先生という循環器科の名医の執刀によって、十時間にもおよぶカテーテル手術が行われ、父は危機一髪で命を救われたのだが、わたしはわたしで、そのとき信州から駈けつけた病院の受付で、こんなホロ苦い経験をしたので、そのことにふれておきたい。

わたしは信州を発つ前に、父の正確な病状を知るために病院に電話を入れたのだが、電話に出た循環器科のナースさんから

「ご家族の方以外には、お教えすることはできません」

といわれた。

わたしは最初、ガッカリして受話器を置いたのだが、よくよく考えてみればわたしはれっきとした「父の子」である。そんなに卑屈になることはない。

気を取り直して、もう一ど電話し

「わたしは水上勉さんの長男で、クボシマセイイチロウと申します」

と告げると、ちょっとお待ち下さいといってナースさんは、しきりとノートをめくっていたみたいだったが、しばらくすると、

「やはりそういうご家族のお名前は、私どものところには届けられておりません」

またしてもピシャリと、電話を切られてしまった。

何ともやるせない、遅れて登場した子どもの悲哀とでもいうか、今もわたしはそのことを忘れられずにいるのである。

そのときの心筋梗塞は、石川医師の敏速な手術によって一命をとりとめたものの、父はそれをきっかけに肺気腫や不整脈などいくつもの病を背負うようになった。心筋梗塞で心臓の三分の二が壊死《えし》したために、何をするにも息苦しさをうったえるようになり、それまで元気に取材や講演で全国をとびまわっていた生活にもブレーキがかかり、比較的気候のいい軽井沢や、京都のマンションで執筆だけにうちこむ日々となった。

しかし、何ヶ月かすると、またぞろ父は趣味の畑仕事や陶芸や紙漉きをやり出す。軽井沢南ヶ丘の山荘を某企業に買ってもらい、同じ長野県内である（軽井沢とはすぐ隣りの）北佐久郡北御牧大字下八重原勘六山のふもとに、軽井沢の住まいとは一回り小さい同じような山荘を建てて引っ越したのも、そこの土質がナスやキュウリの栽培に適していたからだ。朝のうちは自らスコップを持って畑仕事をし、山荘の離れにつくった陶芸施設で、得意の「骨壷」を焼き（これが晩年の父の経済をささえた）、紙漉き専用の工房では、自身が発明した「竹紙」という紙の製造に熱中するという毎日。そこには父の陶芸の一番弟子である角りわ子さんや、紙漉きの小山久美子さん、娘の蕗子ちゃんが住みこみ、父の食事の世話や原稿仕事の助手をつとめた。父はそんな「女性家族」のなかで、ふたたび健康を取りもどしてゆく。

だが、最初の心筋梗塞から約十年が経過した平成十年三月六日、あと二日で七十九歳となる日に、今度はとつぜん眼底出血と網膜剥離におそわれるのだ。

ある意味、最晩年におそわれたこの（左眼の）眼底出血と網膜剥離は、心臓の病以上に、物書きの父にとって致命的ともいえる病だったろう。ペンをとる原稿用紙のマス目や文字が薄れてゆき、周囲の風景との距離感もつかめなくなり、何をみても「暗い床下のようにみえる」と父は嘆く。

眼底出血におそわれたとき、ちょうど父は京都百万遍のマンションに一人でいたのだが、急きょ東京に帰ってK大病院に入院し、すぐさま手術をする。日曜日だったのだが、たまたま当直に佐倉のT病院の腕のいい眼科医がいたので助かった。しかし、やはり左眼はほとんど失明状態となり、それからは散歩にゆくにも医者にゆくにも介添えの人が必要となり、原稿を書くにも助手の手を借りなければならなくなる。

もっとも、それでも父の「女好き」の虫はいっこうにおさまらなかったみたいで、その頃出した『植木鉢の土』というエッセイ集にこんな一文を書いている。

どうせ五年しか生きられないんだから、好きなようにさせてくれと女房に頼んだ。もともと好きなことをしてきたわたしだが、このとき女房も五年という期限を疑わなかったのか、黙ってわたしの好きなようにさせてくれた。

そこで、わたしは京都に帰ってマンションを買った。女房から好きなことをしていいと許可を得たのだから、堂々と京都へ向かった。女性と暮らそうと、悪心を抱いて、京都へ向かったのである。

このマンションを買ったことは、まず最初の心臓マッサージともいうべきものだった。人が倒れて救急車に乗せられると、病状によって、救急の心臓マッサージをされる。それによって一命をとりとめて生き返ることがある。京都のマンションを買うことは、わたしにとって同じ意味を持っていた。


その次のマッサージが、京都で人と会う、とくに女性たちと会うことだった。

心臓のマッサージをして、元気になると、女性が恋しくなる。そして、女性に会うこともまた、私にはマッサージというべきものであって、それで活力が湧いてきた。マッサージには、そういう力があるのだ。わたしのマンションには、仕事の関係者だけではなく、多くの女性たちも出入りするようになった。

そういう女の存在が私を救ったのだと、わたしは思っている。

そういうよからぬことをして元気をとりもどしていった。

何ともうらやましい「女性マッサージ論」だけれど、とにかくそうした勝手気ままな京都暮しで、父がしだいに体力、気力を回復していったことはたしかだった。叡子さんにいった「余命五年」とは、最初の心筋梗塞でたおれたときに父自身が医師からつげられた言葉だそうだが、本当にそういわれたのかどうかはわからない。「京都で買ったマンション」というのは、以前から仕事場にしていた百万遍のマンションと同じだが、父はこの頃、同じマンションの上階の角に住んでいた作家有吉佐和子さんの部屋があいたので、そこにうつったのだった。前は3LDKだったが、今度は4LDKもあって洛中風景が一望できる贅沢な間取りである。父は毎夜、そこで色んな女性のマッサージをうけていたのだろうか。

とにかく、病にたおれたあとも、父の「モテ方」はハンパじゃなかった。

京都から信州北御牧の山荘に帰ってくると、そこにも若い女性たちが待っていた。男性の編集者や新人の物書きもいたが、圧倒的に女性のほうが多かった。父はその頃から、室内でも車椅子ですごすようになっていたが、遠方から知り合いの女性（なかには紅白に出るような大物女性歌手もいた）が訪ねてくると、機嫌のいい笑顔で彼女たちをむかえた。なかには山荘に一泊も二泊もして、父の手ほどきで竹紙づくりや陶芸に興じてゆく女性もいた。わたしは、よこでそんな父をみていて、「世の中にこんな幸せな老年をおくっている男性がいるだろうか」と思ったものだ。

だがそんな蜜のような月日が、長くつづくわけはない。

一難去ってまた一難、父が軽度の脳梗塞をおこすのは、平成十二年一月末頃のことで、付き添いのR子さんという女性秘書といっしょにハワイに滞在していたときである。

ハワイ行きは何ヶ月も前から決まっていたことで、最初に心筋梗塞でたおれたときに知人のいる沖縄で療養したことがあり、そのときの温暖な気候がすっかり気に入り、ハワイならもっと健康体になれるのではないかと企画したのだった。もちろん、ハワイにも何本かの原稿仕事をもちこんでいて、滞在中に集英社の『すばる』に連載していた『虚竹の笛』（のちに第二回親鸞賞を受賞する）の校正に手を入れる予定だったのだが、ハワイに着いて約一週間後の早朝、宿泊先のワイキキ近くのニューオータニの一室で、とつぜん脳梗塞におそわれるのである。

ハワイから急ぎ帰国すると、主治医のすすめにしたがって、北御牧から三十分ほど行ったところにある湯治場、鹿教湯温泉の脳梗塞専門リハビリ病院に、約五ヶ月間にわたって入院を余儀なくされた。

父にとってこの信州の田舎のリハビリ病院は、甚だ過酷で退屈な入院生活だったようで、その頃書いたエッセイにはその病院の悪口、というか不満が長々とつづられる。曰く「働いている看護師の大半はまだ無資格の若いインターンばかり」、曰く「一人の患者にあたえられるスペースがあまりに狭く、幅九十センチのベッドにムリヤリ眠らされ、枕元に携帯電話と文庫を六、七冊置いたらもういっぱいだ」等々。北御牧の山荘では美女にかこまれ、ハワイでも女性秘書同行で悠々療養していた父にとって、この鹿教湯温泉のケアハウスでの暮しは、文字通り地獄の日々だったようだ。

父は七月になって少し元気になってくると、ようやくそこから解放され（というより強行退院して）、ふたたび勘六山の山荘にもどってきた。

山荘は相変らず若い女たちでごったがえしていたが、なかには父に新刊を出してもらおうという編集者の姿もあった。じっさい、その年（平成十二年）の暮れから翌々年にかけて、父の新刊書は続々と書店の棚に登場する。『竹紙を漉く』『電脳暮し』『辞世の辞』『たそ彼れの妖怪たち』『植木鉢の土』……さすがにその頃の父には新たに原稿を書き下ろす力はなく、大半は編集者が旧《ふる》い未発表作や対談録を見つけてきて一冊にしたり、蕗ちゃんが手伝って口述筆記したりした本ばかりだったが、父の深刻な病状を知らぬファンの眼には、父は依然として「現役の作家」でありつづけたのである。

だが、その後も父には容赦なく病がおそいかかる。ハワイでの脳梗塞が比較的軽く済み、眼底出血も左眼だけの失明で切りぬけたものの、つぎには胃のよこに小さなポリープが発見されて、京都の病院で切除手術をうける。幸いこれもガンにはならないうちに処理できたのだが、八十四歳の老躯には相当な負担になったことはまちがいない。いらい、父はすっかり衰弱し、勘六山の山荘で寝たり起きたりの生活になった。

拡大鏡を使わないと絵も描けなくなって、長く連載をつづけていた小学館の雑誌『サライ』

の絵&エッセイも終了せざるを得なくなり、『虚竹の笛』のあとがきの四百字の文章ですら、蕗ちゃんの助けを借りなければならなくなった。読書はもちろん、パソコンの字も読めないほど視力は低下し、思うようにロレツが回らず会話もままならない。物書きにとって、命そのものともいえる「言語」を喪失した父の失意は、想像するに余りあるものといえただろう。

平成十六年に入って、父の病勢はますます進む。

勘六山に帰ってきてから診察に当ってくれた主治医は、上田市の外れで開業しているIクリニックのI医師で、父はこの若い医師の指導には素直に従った。身体が多少動けた頃には、週に二どお手伝いさんに付き添われてI医院へ検診にゆき、処方してもらった何種類もの薬をきちんと服用した。車椅子で近所を散策したりもした。春から夏にかけては、I医師のすすめで、地域医療では定評のある隣村の佐久総合病院に入院し、点滴と足腰のリハビリをうける。

が、人間だれでも「死」からのがれることはできない。父にも確実に「その日」が近づいてきていた。

最後のエッセイ集『植木鉢の土』のなかで、「自分は死なない。不死身であると信じたい。自分にだけは死も遅れてやってくると思いたい」と命乞いし、『泥の花』という本では、「棺桶のような寝台をつくって、毎晩さよならと周囲につぶやいて眠りたい」とつづっていた父だったが、九月七日の深更ついに危篤となった。

そして、翌九月八日の午前七時十六分、多くの女たちが見守るなかで、水上勉は静かに息をひきとるのである。

書棚にかこまれた書斎のベッドを、水上蕗子、角りわ子、小山久美子、竹人形師の高橋弘子さんたちがぐるりと取り囲み、おしころすような低い声で泣きながら、父の身体を交代で撫でさすっていた。

ただ、父の最後を看取った人々はほとんどが父とはアカの他人たちで、ふしぎと近親者の姿はなかった。翌々日の密葬の日にも、長女の蕗子をべつにすると、何日か前から山荘に泊まっていた末妹の志津子さん、それに戦後三十余年ぶりに再会した長男のわたしくらいしか、親族の姿はなかった。妻の叡子も次女の直子も、そこにはいなかった。

もう一ど、親という存在

以上、わたしの養父母、生父母のことをざっと紹介してきたわけだけれど、書けば書くほど、これは世間一般の親子関係とはかなりカケ離れた、いわば特殊きわまりない親子関係といっていいのではないかという気がしてくる。ふつうの親子だったら、まず第一に子は一人の母、一人の父のもとに生まれ、その両親の手で育てられ成人してゆくというのがスタンダードな形である。それがわたしの場合は、本文にある通り二歳九日のときに生父母のもとを離れ、その後はもう一組の両親の手で育てられる。しかも、子は成人するまで出生の真実を知らされず、三十五歳になってようやく自力で本当の父や母の存在をつきとめ、それからは「新しい両親」と「それまでの両親」の二組の親とともに生きてゆくことになる。どう考えても、ふつうではない親と子の関係である。

したがって、こうしたわたしたち家族の姿をいくら語っても、この本が掲げる「親子論」にふさわしい結論をみちびき出すことは困難だろう。「親という存在」、あるいは「子という存在」という問題は、もっと当り前な、だれもが共有できる普遍的な親子の姿によって語られるべきだし、わたしたちのような、通常あまり例のない親子関係をモデルにして語られるべきではないのである。

だが、親は子にとってどうあるべきか、どんな親を子はもとめているか、どんな親であってもらいたいと思っているか、そして逆に、親にとっての模範的な子とはどのような子か、親はどのような子を希《のぞ》んでいるのか、という問題を考えるのには、わたしたちのケースは多くの示唆をあたえるように思う。ここで紹介したわたしの養父母、生父母ら、二組の両親に対するわたしの感情、言葉、行動から、子である「誠一郎」（幼名凌）が理想の両親と考えていた姿がどんなものであったか、おのずとうかびあがってくるといっていいのではないだろうか。

＊

初めにいったように、ここに書いた文章は、あくまでもその当時のわたしと親との関係であって、現在七十七歳の老人となったわたしの親に対する気持ちとはかなりの隔たりがある。とくに生母の加瀬益子《えき》に対する思いは、百八十度違っているといっていいかもしれない。戦後三十数年経って再会したあと、わたしはえきの再三の求めにも応じず、たった二回しか会おうとしなかった。わたしの身体にすがって泣き崩れるえきを、「気持ちが悪い」とつきのけたのだ。今になってみると、なぜ自分はああまでえきに冷たかったのだろうと思う。わたしはどうかしていたというしかない。二十三歳でわたしを産み、二歳九日でわたしを手放さなければならなかったえきの罪の意識、悔悟、反省、三十五歳にもなっていながら、その頃のわたしはそうした生母の苦しみをまったく理解していなかったのだ。

では、現在のわたしだったら、えきをどう迎えたのだろうか。

おそらく今のわたしなら、生母えきにこういったと思う。

「お母さん、辛かったろうね。ぼくは少しもお母さんを恨んでいないよ。恨んでいないどころか、よく戦争中、貧しいなかでぼくを産んでくれたと、感謝しているよ。そして、こうやってぼくに会いにきてくれたことにも感謝しているんだよ」

教科書に出てくるような答えだが、嗤《わら》わないでもらいたい。これが現在の「誠一郎」の、生母えきにささげる本当の言葉であり心情なのである。

とくに「産んでくれたことに感謝」という言葉は、今のわたしが一番えきにつたえたい言葉だ。

当り前の話だが、えきが産んでくれていなければわたしは今ここにいない。あの戦争下、かならずしも設備も万全とはいえなかったであろう下谷の産院で、激しい陣痛に耐えながらわたしを産んでくれたからこそ、わたしの七十余年にわたる人生は始まったのだ。えきと再会したとき、わたしはもっとそのことに思いを至すべきだったと思う。そうした「自分を産んでくれたこと」への感謝さえあれば、あんなふうに冷たくえきに接することはなかったのではないか。

同じことが、養父の茂や養母のハツに対してもいえるだろう。いくらえきのおかげでこの世に生まれ出てきたって、窪島茂、ハツ夫婦が育ててくれなければ、わたしは成人することができなかったのである。えきに対して感謝するのと同じように、わたしは茂やハツにも手を合わせねばならないのだった。どうしてそんな簡単な理クツがわからなかったのか。どうしてあまで執ように、真実のことを告げてくれぬ茂やハツをいたぶりつくさなければならなかったのか。

考えれば考えるほど、当時の自分の未熟さが情けなくなってくるのだが、あのときはあのときで、わたしは全力で自分の「運命」に立ち向っていたのだから仕方ない。東へ西へ、実の両親をさがしもとめて二十年、その結果めぐり合った生父が著名な作家であったことの衝撃、そこに生じた自我との闘い、養父母への恨み、わたしは一種の錯乱状態のなかでえきと再会したのだった。弁解めくが、あのときのわたしには、名のり出てきたえきを優しく抱きとめる心の余裕がなかったともいえるだろう。

今となっては、ただただ生母のえきに「申し訳なかった」と詫びるしかないのである。

養父母への恨み、といったが、今考えるとこの「恨み」だって、わたしの本心だったかどうか疑わしい。

たしかに茂やハツは、わたしに「本当の親の存在」を隠しつづけた。出生にふれる質問をすると、いつも答えをはぐらかした。ことに一家が成城町に引っ越してからは、目と鼻の先に生父の家があるにもかかわらず、一切そのことをわたしに語ることはなかった。あとから知ったことだが、その頃茂はわざわざ水上邸に電話して、応待に出たわたしの義妹の蕗子にむかって「お宅のお子さんを預っている」というような報告をしていたという。幼い頃から自分の出生に疑問をもち、真実を知ることに飢えていたわたしが、そんな茂やハツにますます不信感をふかめたとしても当然だったろう。

だから、わたしが二人を恨んでも仕方のない理由はあったのだ。

しかし、老いた養父母にとって、わたしは可愛い貰い子であったと同時に、自分たちの将来をささえてくれる唯一の働き手でもあった。この子に去られてしまったら、自分たちは生きてゆけないという畏れをいつも抱いていた。まして、相手は金持ちの流行作家だ。真実を知ったら、誠一郎が自分たちのもとから去ってゆく可能性だってあるのだ。じっさいには、わたしは窪島茂、ハツの「戸籍上の実子」だったわけだから、万が一にもそんなことはあり得ないのだが、とにかく夫婦は、誠一郎が自分たちを見捨てるかもしれないという恐怖におののいていたのである。そんな養父母に対して、「なぜ真実を話してくれなかったのか」と責めることができるだろうか。わたしにとって、二人は自分を育ててくれたかけがえのない養い親なのだ。わたしはかれらを恨むのではなく、むしろ労《いたわ》り慰めるべきだったのではないだろうか。

——と、こうやって教科書的模範解答をのべながら、またしてもわたしの心のどこかに、当時の自分を擁護する気持ちがわきあがるのである。曰く「何も自分は茂やハツを好んで責めていたわけではない。子どもとして当り前の疑問をぶつけていただけなのだ」。曰く「子どもにだって自分の親がだれであるかを知る権利があるのだ。自分はその当然の権利を主張していたにすぎないのだ」云々、口をとがらせて抗議をする三十五歳のわたしがみえるのである。

つまり、わたしの心のなかでは相変らず、今も結論のでない堂々めぐりの自問自答がくりかえされているのだ。

多くの人はわたしにイジメられる養父母を可哀想に思うだろう。手塩にかけて育てたわが子にしつこく追求され、詰問される夫婦に同情することだろう。だが、そうやって恩ある親をイジメる子の心に、ポッカリとあいた暗い穴をどれだけ知ってくれているだろうか。この世に生まれてきて、親の顔も知らず、故郷も知らず、自分の名も知らずに生きるという苦悩を、どれだけわかってくれているだろうか。わたしは今でも、本当の親をもとめて日本じゅうをあるき回っていた頃の自分の、あの地獄のような孤独を思い出して涙ぐむことがある。養父母も憐れだったかもしれぬが、子だってじゅうぶんに憐れだったのである。

ついでにいっておくと、世の中には親の顔をみたくないとか、親兄弟と仲たがいし、二どと故郷へなど帰りたくないなどという贅沢なご仁がおられるが、あれはちゃんとした「両親」や「兄弟」や「故郷」をもった幸福者だけにいえる言葉である。親のない子、孤児《みなしご》には、そうやって親を憎むことも故郷を嫌うこともできないのだ。憎もうにも嫌おうにも、その子は親の所在、故郷の場所さえわかっていないのだから。終生、そうやって親の顔も知らぬまま生きてゆく子どものさみしさ、持ってゆき場のないかなしみをどれだけの人が知ってくれているだろうか。そうした孤児の心情に少しでも理解を寄せてくれたら、わたしが養父母を問いつめた罪も少しは軽減してもらえるような気がするのだが。

ああ、それにしても、わたしはいつまで、こんな不毛な問答をくりかえしているのだろう。

＊

その点、ふしぎに思うのは、生父水上勉に対するわたしの感覚である。七十七歳になった今も（父が死んだ今も）、生父に抱く思いは三十五歳のときとほとんど変わっていない。

三十五歳のときに、生父と三十余年ぶりの対面を果たしたわたしは、とにかく天にも昇る心地、夢のなかをただようような気分だった。自分は貧しい靴職人の子などではなかった！　自分の父親はこんなエライ作家だったのだ！　それまで野良犬のようにあるいてきた自分の首に、とつぜん銀製の鑑札をつけてもらった感じなのだった。これがどうして有頂天にならずにおられようか。

凡そ四十年近くも前になる生父と対面したときの感情が、七十七歳になった今も、わたしの心の底にはそのままあるのである。水上勉という作家が父親であるということがわかっただけで、自分は鑑札の首輪をつけた犬になれたのだという歓びを、今ももちつづけているのである。

もちろん、生父が非のうちどころのない「理想的な父親」だったなんていっているのではない。今ふりかえると、生父は作家としては一流の仕事をのこした人だったけれども、人間としては欠点だらけの人だった。妻子があるのに女遊びに呆け、家に寄りつかずに諸々を転々し、凡そ社会的には眉をひそめられるような生活をおくった。何より、生父には独特の「生きてゆくズル賢しこさ」のようなものがあった。生命力といえばきこえがいいが、自身の勝手気ままな人生を、作品では自虐的に否定しながら、けっきょくはそのように生きてゆく生来の人間たらしだった。わたしはそれを見ていて、「何てこの人はズルい卑怯な人なんだろう」と思ったものだ。

　だが、七十七歳になった今も、わたしはそんな生父が好きなのである。そういう父親をもとめる自分がいるのである。

　それは、何といってもわたしが幼い頃から「本好き」な子だったことや、有名作家や評論家の名をきいただけで心を昂ぶらせる「文学ミーハー」（?）であったことが少なからず影響していると思う。ながいあいださがしもとめていた瞼の父が、自分の書棚にもならぶ直木賞作家であったという事実だけで、貧しいわたしは満足したのだった。おまけに、生父のほうもわたしという子をおおいに気に入っているふうだった。文学の話をしても、美術の話をしても、芝居の話をしても、わたしたちはじつに自然に意気投合した。たまに軽井沢の山荘の大広間で、二人してテレビを観ることがあったが、だいたいわたしたちの好きな俳優やタレントは同じだった。そんな相思相愛の父のもとに、わたしが三日にあげず通いつめたとしても何のふしぎもないことなのだった。

そこには、これまでのわたしの父親だった窪島茂に対する不満の反動というべきものもあったろう。とにかく、これまでの自分の父親といえば、朝から晩まで革クズにまみれて働く靴修理職人の窪島茂だった。新聞一つ読まない無教養な男だった。わたしが水上勉と出会って、こんなに有頂天な気持ちになったのは、いかにわたしがそんな窪島茂をどこかで軽蔑し、忌嫌《いみ》っていたかの証左であるともいえたろう。

そうすると、わたしは遠いところからきこえてくる次のような言葉に耳をかたむけざるを得ないのである。

――おまえは実の父親である有名作家と出会って大喜びしているが、それはけっきょく、その人のもっている知性、教養、そして財力に対する憧れなのではないか。もし出会った父親が無名の市井人で、お金も名声もないような人だったら、おそらくおまえは生父に対してこれほどまでに歓喜することはなかったにちがいない。ことによると、おまえは再会した生父にも、生母に対してとったのと同じ態度をとったかもしれない。要するにおまえの親さがしは、生みの親に対する願望ではなく、貧乏から脱出したい、無名な人間で終りたくないという卑しい出世欲からきたものなのではないのか。

そして、その問いに対してわたしはこう答える。

――いや、それはちがう。わたしが生父を追いもとめたのは、あくまでも真実の親を知りたいという本能的な欲求からにすぎない。出会った相手が貧乏であろうと金持ちであろうと、無名だろうと有名だろうと、わたしはその人に出会いたかったのだ。結果的にその人が、自分の好きな作家であったことには感激しているが、それ以上に、自分にもれっきとした父親がいたのだという確信がもてたことが嬉しいのだ。

養父窪島茂への不満の反動が、生父水上勉への傾斜につながったといったが、その逆だったのが養母ハツと生母えきとの関係だったろう。わたしがえきに冷たかったのは、ほとんど盲愛とでもいっていい愛し方でわたしを抱いてくれたハツの存在によって、わたしはもうたらふく「母親の愛」を享受していたからである。戦後三十年ぶりに再会したえきのエゴイズム、たとえば「お母さんが弱かったの、でもお父さんだって悪かったのよ」と、この期におよんでむなしい弁解をくりかえすえきを、わたしはどうしても愛せなかった。それは、わたしという貰い子をただ黙々と、ひたむきに育ててくれたハツの優しさがあったからだった。誕生日に美味しいグリンピースご飯を炊いてくれるハツさえいれば、もうそれだけで心をみたされ、新しく出現したえきなどいなくてもじゅうぶん幸せだったからである。

そうだ、ここまで書いてわかることは、子には二組の両親など必要なく、生んで育ててくれた当り前の一組の両親さえいればそれでいいということだ。十月十日《とつきとおか》の陣痛に耐え必死に自分を生んでくれた一人の母と、その誕生を喜んでくれた一人の父がいればいいということだ。

　しかしながら、運命は無情にして非情である。親だってわざわざ複雑な関係になりたいと思って子を生むわけではないし、子だってそうなのだが、ときとして親子は親子であるがゆえに憎んだり、恨んだり、疎《うと》んだりする仲となる。人は一生懸命生きてゆくなかで、心ならずもわが子を手放したり、また他家から貰った子を育てたりする運命をあたえられるのである。

　わたしたちの親子関係は特殊なケースだと、これまでくりかえしいってきたが、他にも同じような境遇をもつ親子はたくさんいるだろう。前の章でもふれたが、戦争中に中国大陸で離れ離れになり、戦後何十年をへても日本人の親との再会を果たせない、いわゆる中国残留孤児の人たちは、九十歳をこえる今も、「孤児」とよばれる孤独な人生を強いられている。また、戦前は子だくさんの親類の家から、子のいない叔父や叔母の家に養子として貰われていったケースも多く、そうした子は終生本当の親の顔を知らぬまま（そういう事実に気づかぬまま）、たった一回の一生を終えるのである。

　それと、いつだったか新聞に出ていたが、ようやく親子再会を果たした中国残留孤児の人たちのなかには、今のように遺伝子による測定が普及していなかった頃に「親子」と判定され、その後「どうもおかしい」、「今一つ肉親の実感がない」といった疑問にぶつかる例が多くあるときく。何しろ長く中国と日本で離れて暮し、言語や文化がまったくちがう環境で生きてきた親子である。新聞には「厳密な血液鑑定を行なえば、肉親判明者の何割かは別人とされてしまうのではないか」としるされてあったが、かれらもまた疑いようのない「戦争によって生まれた孤児」に数えられる人たちだろうと思う。

*

最後にふれておきたいのは、最近はインターネットやスマホの発達によって、十歳、十何歳という未成熟な若い子たちが「見知らぬ他人」に自分の逃げ場所をもとめ、もはや「家族」とか「親子」とかいう関係が瓦解しつつあるという事実についてである。ちょっとした挫折や迷いにぶつかったとき、子どもたちは親兄弟に相談するのではなく、そうしたIT機器によって知り合った初対面の相手に悩みをうちあけ、一人ぼっちの孤独からのがれようとする。昔のように、親に叱られて家出の真似ゴトをしたり（行くところがなかったので大ていは半日ぐらいで帰ってきたが）、逆に親に褒められたい一心で勉強する、といった親子の関係はとうに世の中から消えつつあるのである。

そうした人間生活の基軸ともいえる「家族」や「親子」の関係を破壊してまで、利便性の名のもとに巨額の利益を得るスマホ産業の猛威には肩をすくめるしかないが、そんな時代だからこそ、せめて「親」とよばれるわたしたちが子どもに対して果たさねばならぬ役割は大きいといえるだろう。どんな落胆や悲哀を味あおうとも、親は自らの分身であるわが子に無私の情愛をそそぎ、子は子で、そんな両親の愛に報いるべく精一杯の努力を重ねる、七十七歳になったわたしは、だれもがそんなごくふつうの「親」であり「子」であることを希《ねが》っているのである。

たしかに、携帯電話やインターネットの進化によって、子どもの行動範囲や現在地の確認が容易となり、どこにいても連絡し合ったり会話することが可能になったが、それは結果的に子どもの行動を監視し支配することにもなるのであって、かならずしも子どもの心の動きを掌握していることにはならない。いくらラインでひんぱんに言葉をやりとりしていても、それだけで「心が通い合っている」と安心するわけにはゆかない。何より大事なのは、どれだけ親と子がちゃんと向き合い、信頼し合い、眼と眼を合わせて意志を通わせているかなのである。

といっても、これまでのべてきたように、わたし自身が自分の子に対してどれだけ完璧な父親であったかと問われるとまったく自信はない。どう考えても、わたしは平均点以下の失格父親だった。

三十代半ばで妻子と別居し、信州上田に私設美術館をつくって一人暮し、七十路をこえた今も唯我独尊の生活をつづけているような男だから、幼少期から大人になるまで子どもたち（長男と長女）とのコミュニケーションはゼロに近かった。何から何まで妻任せで、ロクに子どもの進路や就職の相談にのったこともないし、妻からきくまで進学した学校の名も知らないほど子どもには無関心な父親だった。よくしたもので、そうやって父親から何の世話もうけない環境のなかで、子どもたちはグレもせず大学を卒業し、人並みの結婚までしてくれた。親がなくとも子は育つ、とはこのことだろう。とにかくわたしは幸運な父親だったのである。

だから、わたしのような男には、親と子はこうあるべきだなどという高説を口にする資格なんてないのだが、ただ一つ、親は自分がその子の親であることから逃げてはいけないという思いだけはもっている。親であることから逃げぬというのは、最後の最後まで（自分がこの世を去るまで）、わが子と共に生きるということである。仮にわが子が人生の落伍者になっても、とんでもない間違いを犯しても、重い病をもつ身体になっても、その子に寄り添いつづける覚悟をもつということである。「親がそこにいる」というだけで、子が元気づけられ大きな安息を抱ける、そんな存在の親になることである。

わたしぐらいの年齢になると、周りには両親の介護に明け暮れている人が多い。とくに最近は九十歳、百歳が特別でない時代になっているから、何年も寝たきりになるケースがふえ、そんな親の世話をするために仕事を辞めざるを得なくなったり、家を改造して一緒に生活できるようにしたり、文字通り老々介護の日々をおくる同輩たちも多い。そういう状況だから、親が死んだときには、悲しみにうちひしがれながらも、「やっと介護の苦しみから解放された」という気持ちをもつ人がいてもふしぎはないだろう。

しかし、一つだけたしかなことがある。親が死ねば、子はもう「子」でなくなる。自分は誰々の娘です、誰々の息子です、といえなくなる。「子」はもう誰の子でもなくなるのである。

わたしもその一人だが、どんなに寝たきりでもいい、口がきけなくてもいい、親には一日でも長く生きていてほしかったと思う人は、世の中にたくさんいるような気がする。

対談

古市憲寿×窪島誠一郎

どちらとも言えない

窪島　今度『文学界』にお書きになった小説、拝読しました。

古市　ありがとうございます。もう単行本になっています。

窪島　『文学界』が上田の本屋さんではなかなか買えなくてね。でもさすがに一気に読めますね。

古市　難しく書けないいんですよ。小説家の田中慎弥さんにも読みやすさだけは褒めて頂きました（笑）。あと、テーマもセックスと死。王道でポップなので読みやすいのだと思います。

窪島　前から構想を練っていたんですか？

古市　書き始めたのは二〇一七年の終わり頃ですね。平成の終わりをテーマに何かを書きたかったんです。でも評論ではあまりピンとこないと思ったので小説にしました。小説自体は、「平成くん、さようなら」で二作目になります。

窪島　僕は第一作目は読んでいないんですよ。

古市　第一作は去年亡くなった祖母の死をモチーフに書いたもので、とても個人的な話です。普通、死と生って、まるで別物のように考えられがちじゃないですか。死んだら二度と会えないとか。でも、生と死って、意外と曖昧じゃないかと思うこともあるんです。例えば、生きていても何年も会ってない人っていますよね。その人と、死んでいる人はどれだけ違うんでしょうね。逆に、死んだのに何度も思い出す人もいますよね。そういった人のほうが、もしかすると、生きているのに疎遠な人よりも、ずっと近い存在なんじゃないかと思ったんです。

けれどもいざ祖母が亡くなると、違う感情を抱いたんですよね。遺体を見て、そこにはもう何もないんだなって、強烈に意識させられました。祖母とは会う回数は多くはなかったですが、とても仲が良かったんです。今はこうして祖母の死を話せますけど、闘病中や亡くなった後は、それをエッセイなどで書く気にはならなかったんです。

小説にするにあたっては、社会性を出そうと思って憲法改正というテーマと死を重ね合わせました。憲法改正の議論って極端だと思うんです。憲法九条が改正されたら日本がすぐ戦争を始めるとか、逆に改正されなければ日本はずっと平和だとか。でも実際はグラデーションですよね。憲法自体は改正されなくても、集団的自衛権の行使が認められたり、すでに変わってしまった部分は多い。一方で、九条が改正されても、平和運動の声が大きければ、政府は戦争に踏み切る勇気を持てない。

窪島 たしかに、政治問題などに関する質問に関する統計など見ると、「賛成」でも「反対」でもなく「どちらとも言えない」という答えが四〇%を超えているようですからね。けれどもこの「どちらとも言えない」というのは、実に真実を捉えている。この答え自体もグラデーションで、積極的に物事を考えた上で「どちらとも言えない」というのと、考えることを放棄してしまった「どちらとも言えない」のどちらもがある。

古市 「どちらともいえない」っていい言葉ですね。小説の題名、それにすればよかったな。

窪島 イエスという言葉、ノーという言葉は両方とも使わなくても済む。「どちらともいえない」という言葉がひとつあれば、世の中は意外に……。

古市 「どちらともいえない」って、「わからない」ともまた少し違いますもんね。現実には、日常生活の中でも、そういうことはとても多い。今日の夕飯、肉と魚とどっちが良い？「どちらでもいいよ」って。でも、それが政治の問題になった途端に、白黒つけなくちゃいけないと言われてしまう。

窪島　最近はすべてに黒白《こくびゃく》をつける傾向がありますね。無理矢理にでも黒か白かをつけなければならないような。しかし実際には、白黒つくことのほうが少ないですよね。古市さんに頂いたハガキの中に、「最近死についてよく考える」ということが書かれてあって、僕も、以前から、古市さんと死についていろいろ話してみたいと思っていました。年を取ると生と死の垣根が低くなっちゃってね。自分が生きているのか、死んでいるのかがわからなくなるようなところがありますね。例えば信州の寺なんか結構面白いんです。京都みたいに、ここの階段を上ったら大徳寺があって、とか、そういう感じじゃない。歩いていたらいつのまにか寺の境内に入っていた、というような。そういう意味では境界が曖昧なんですね。

古市　同じ信州にある善光寺は、昔から女人救済を掲げていましたよね。江戸時代までは厳格に女人禁制を貫く寺が多かったのに、女性を自然に受け入れていた。

窪島　長野は、典型的な禁欲県なんだと思うんだけど、案外ゆるいところもあってね、児童ポルノ法の議論なども、表現の自由の問題もあるのだから簡単に法で縛ってはいけない、というような意見もあって。基本は保守系の人が多いのに、案外共産党系も多いとかね。面白いよね。

古市　でも、例えば富山県などの日本海側の地域とも少し気風が違う気がしますね。

窪島　違う違う、全然違うね。

古市　最近聞いてびっくりしたのは、富山県のある地域では、町内会費と一緒に自民党費も集められている話です。その地域の人にとって、政党は自民党しかないと思っているのかも知れない（笑）。そこでいう自民党費って、もはや税金みたいなものですよね。

窪島　信州の南のほうの伊那地域に、上松町というところがあるんですが、そこは町税をおさめると、自然に相撲の御嶽海の後援会に入るようになっているらしい。全町上げてのファンクラブなんですね。

古市　上田も松本も長野も、文化が全然違うといいますね。

窪島　もともと松本と長野は仲が悪いんだよね。理由は簡単で、昔県庁を取り合ったんですって。確かに、役場的な仕事などは不便なことが多い。長野の南の、泰阜《やすおか》村や阿智村など、名古屋に近いところの人たちにとってはパスポートを取るだけでも一日仕事になりますからね。

古市　でも、教育県ではあるんですよね。先生が偉いという文化がまだあると聞きました。

窪島　飲み屋にはだいたい先生か社長しかいない（笑）。

古市　もはや先生が偉いと思われない中で、長野では比較的「先生」信仰が残っている。

窪島　ただ、僕なんかは教育受けていない男ですから、今ではそうでもないけど、つい最近までは、「先生」と呼ばれたかったんですよ。逆に、目の色変えて「先生と呼ぶな」と絶叫している人がいるでしょう？　ああまで拒否しなくていいんじゃないかと思っていました。誰も本気であなたを先生とは思ってないから、って言いたい。

古市　そうですね。逆に強い拒否をするほうが自意識過剰ですよね。

窪島　それぞれ、同じことが今の物書きにも言える。一作読んだだけで、この人は「作家」だなと思う人もいるけれど、一作だけ書いて、突然「作家」と名乗り出す人もいる。
古市　肩書きは悩ましいですよね。僕は一応「社会学者」ということにしていますが、特にこだわりはありません。
窪島　僕も、気づいてみたらそうなっていたんだけど、「美術館『無言館』館主・作家」というような肩書きになっています。でも僕は、本は一〇〇冊近く出していても、未だに自分を作家とは思えない。焦がれていた大事な世界だから、安易に手に入るものではないと思っている。でも今は、例えば「精神科医・作家」というように、二つでバランスをとっている肩書き派が多くなりましたね。肩書きが二つあると、都合が悪いときはどっちかに逃げ込める。
古市　正真正銘「作家」といえる人は今は少ないんじゃないですか。
窪島　まあ、今はねえ。

日本語が変わった

古市　作家とよべる人も少なくなりましたが、政治家で言葉がきれいだなと思う人もあまりいないですね。
窪島　言葉には、言霊《ことだま》というものが棲んでいるじゃないですか。その言葉が持っている絶対的霊魂みたいなものがある。けれども今、総理大臣自ら「ひたむきに」とか「真摯に」とかを使いすぎたために、手垢がつきすぎちゃって、その言葉の価値が減って、すれっからしになって、だしが全部取られちゃったような言葉になってしまった。本来なら「真摯に受け止めます」なんてとっておきだった言葉のはずなのに、それがとっておきではなくなってしまった。

古市　確かに政治家は言葉の意味をどんどん骨抜きにしていきますね。

窪島　辞書を出版している会社は、国会前で「言霊を返せ」というデモをやったらいいと思いますよ。ある大臣なんかは、「万死に値する」などと言っていましたが、そんな言葉を発したあとに、マフラーして帽子かぶって料亭から出て来るんですね。この人の言う「万死」というのは何なのか。また、テレビでも、以前は緊急のニュースなどは手書きの原稿が入って、アナウンサーがそれを一瞬で解読し伝えるという技があったけれど、今ではパソコンがあるから、先に情報がスーパーで流れて、しかも文字の打ち間違いなどが平気で起こっている。もはやすべてが軽くなっているような気がしますね。

古市　言葉って、呪いだなあと思うんです。例えば会うたびに、「顔色悪いですね」と言われていたら、本当にどんどん顔色が悪くなったりとか。気にくわない人には、会うたびに「大丈夫ですか？　今日も顔色悪いですよ」と言い続けるのがいいのかもしれない（笑）。

窪島　言葉で殺す（笑）。

古市　そう。言葉で殺されることって本当にあるのかも知れません。

窪島　逆もあるよね。はげましとか自分の悲しみを共有してくれるような言葉が。「この人はわかってくれている」というのは勇気に繋がるし。

古市　ところで、「無言館」という名前はどうやって決めたのですか？

窪島　不思議と、言葉のほうから降りてきたんですね。絵を集めに全国を歩き始めた時に「無言館」だなって感じがして。

古市　それは戦争というあまりにもむごい出来事を前にして、もう何も言葉が出ない、というようなイメージですか？

窪島　絵を前にしたとき、自分に何がしゃべれるのかなという……。でも、そういう気持ちが先に立って、「無言館」にしようというわけではなかったんです。とにかく、戦死した画学生たちが残した絵を、黙って風呂敷に包んでさげてくるしかなかった。その帰りの新幹線の中で、ああ「無言館」かな、と。もしこれが、窪島誠一郎戦争記念館とか、そんな名前だったら、全然違う印象になってたでしょうね。

古市　窪島さんの活動を知らない人は、その名前だけだと戦争を称揚するミュージアムと勘違いしてしまうかも知れませんね（笑）。つくづく「無言館」というのはいい名前だと思います。

窪島　実は、このあいだ閉館した信濃デッサン館も、リニューアルして「立原道造館」にしようかなと考えているんです。僕はそろそろ死ぬ年齢ですけど、仮にもう少し長生きしたら、全然迷惑かけませんので、古市さんには名誉（館長）とかに……。

古市　いや逆に印象が悪くなっちゃうかもしれない（笑）。でも、僕が窪島さんのことを知ったのは、立原道造がきっかけなんです。

窪島　古市さん、ちょっと立原に似ているものね。たおやかで色白な感じが。でも立原は古市さんみたいに炎上しないけど（笑）。

古市　僕も自分自身がどうして炎上するのかわからないんですけど（笑）。立原道造は、もともとは本郷に記念館があったんですよね。

窪島　そうなんです。東大の裏側にあった。それが潰れちゃって、資料の行き場がなくなって僕が今預かっているんです。

古市　彼の詩がすごく好きなんです。純朴で、でもセンスが鋭い。年上の友人に勧められて詩集を手に取ったのきっかけです。道造のことを調べる中で、信濃デッサン館を見つけました。たまたま上田で講演の仕事があったときに、新幹線まで時間があったので、偶然訪ねることができたんです。そうしたらたまたま窪島さんがいらして。

窪島　そう、たまたまいたんです。あのときは突然だったというのもあるけど、本当に、僕、あがっちゃったんだよね。何しゃべってるのか自分でわからないくらいに。僕は本来女好きなのに、男でも好きな人の前だとあがっちゃうんだな。

もともとは、古市さんと残間絵里子さんの対談を読んでいたら、古市さんが「今の年寄りはもっとしっかりしなくちゃいけない。ごちゃごちゃ金を残すとかモノを残すとかじゃなくて、自己完結して、少なくともあとをついて来る若者に迷惑をかけずにちゃんと死んで欲しい」と話していて、無言館のスタッフの女性に「この人カッコいいね」と言ったら、彼女が「よくテレビに出ている人ですよ」と教えてくれた。若いし、いい男だし、いいなあと思ったけれど、こんな人と自分は一生縁はないだろうなと思っていた矢先に、上田市の教育委員会の人が、「古市さんという方が、どうしてもここを見たいとおっしゃるのでお連れしたんですよ」って。僕は「えっ、古市さんが来てるの？」と舞いあがっちゃって。差上げる本にサインしようと思ったら、古市の「古」という字も書けずに、ぐちゃぐちゃになっちゃった（笑）。それが初対面。その後、ぜひもう一度お会いしたいな、という初恋心を、元厚生労働大臣の小宮山洋子さんに伝えたら、「よく知ってるから頼んでみましょうか」とおっしゃって。それで中軽井沢図書館での「死」について語るトークが実現した。

古市家のロビー

窪島　では、そろそろ本題に入りましょうか。僕は、今回のこの本で、いわば裸ん坊になって、自分の出自などを書いています。だから読者はそれを読めば僕のことは分かるけど、古市さんの個人的なことはあまり知られていないと思うんですね。僕もわずかな情報は持っているんですが、あまり知られていないと思うので。そのあたりから。

古市　メインテーマは親子の話ですか？

窪島　そうですね。やっぱり親という不可思議な存在について話したいですね。僕は、今回がんをカミングアウトしましたが、実は、父親も含めて僕の系統にはがんで亡くなった人は誰もいないんですよ。だから僕は、自分が死ぬとしたら心臓系だろうと勝手に思っていたんです。二年前にはくも膜下出血もやりましたしね。近い身内にがんがいなければ、自分はそっち系ではないんだと思っていた。でも、こんなこともあるんですね。

古市　遺伝子については、最近はいろいろ研究が進んでいるようです。身長から体重、病気や知能まで、遺伝の影響は無視できないことが様々な研究で確かめられています。ただ面白いのは、すべての遺伝子が発現するわけじゃないという点です。発現するかどうかは実は、非常に些細なことで変わってしまうらしいんです。例えば、タバコを吸う、吸わないとか、ある日に道で転んだとか、そのような日常の積み重ねで、遺伝の影響は変わってしまう。「生まれ」は「育ち」で変わるんです。

窪島　根元にある遺伝子よりも、その後の後半生の人生の体験の方が大きな要因だということなんだね。

古市　遺伝子は生まれ持った宿命ではなく、それがどう変わっていくかというのは、その後の経験などでいかなり変わるというのが、今の遺伝子研究の暫定的な答えのようです。

窪島　古市さんは、父親からもしくは母親から明らかに自分が授かっているなと感じていることはありますか？

古市　影響と言うなら、祖父のほうが大きいですね。祖父が絵や文章を書く人で、子どものころはそれを真似して自分も書いていました。バスが好きだったので、一緒にバスに乗りに行ったりしていましたね。逆に、父と母からこれを受け継いだ、というのは、ぱっとは思いつかないです。もちろん考えれば思い当たることはたくさんあって、ある種の個人主義的なところは、母の傾向ですね。僕の子どものころは、祖父母と両親がいて、僕と妹が二人。七人家族だったのですが、家にはテレビが八台ありました。リビングにひとつと、あとは各個室にあった。みんな基本的に個室で過ごすという一家だったんです。夕飯もバイキング形式で、大皿が並んでいて、好きな時間に好きなものを食べるというスタイル。七人も家族がいたら、嫌いな人もいるし、嫌いな食べ物もある、だからばらばらに食べましょうという方式だったんです。

窪島　それは変わった家ですね。

古市　今から考えればそうですね。家族でみんなそろってご飯を食べましょうというのはあまりなかったですね。

窪島　古市家のロビーみたいなところで個々が食事をしていたわけですね。

古市　今考えれば、ロビーみたいですね。

窪島　影響というなら、お父さんお母さんというよりもむしろおじいさんということでしたが、今のあなたを作ったものということで考えた場合、何を意識しますか？　やはり読書かな？

古市　そうですね。根っこにあるものはそんなに変わっていないですね。小学校一、二年生のころは魚のサメがすごく好きで、自分でサメ図鑑を作っていたんです。実は今、世の中は空前のサメブームなんですけど、当時はサメはそんなに関心を持たれていませんでした。だからサメだけの本というのはほとんどなかったんですね。それで、自分でサメ図鑑を作ろうと、集められるかぎりのいろんな魚図鑑を買ってもらって、それを参考に文章や絵を描いて、自分なりのサメ図鑑を作っていました。

窪島　今はもう、人間図鑑を作っている感じですね。この人間はこっちのカテゴリーに入れたほうがいいなとか。ある種の分析術のような感じですね。

古市　図鑑作りはずっと好きですね。

結局は自分探し

窪島　古市憲寿という人物の、ニヒリズムのようなもの。それはどこからきたのだろうと思っていましたが、少し謎がとけましたね。僕はあなたのそういうところに関心があるんです。サメ図鑑を自分で作っていたように、今も、いろんな分野の人と会って、それを分析している。ちょっと風呂屋の番台のように、離れて、引いてものをみようとする。それがやっぱり不幸なほど身についているんですね。

古市　小学校三、四年生ごろはあまり学校に行っていなかったんです。勉強はできたんですけど、あまり学校が好きじゃなかった。それで結構学校を休む日も多くて、祖父と一緒にいる時間が長かったんです。

窪島　おじいさんは何をされていた方だったんですか?

古市　もともと公務員だったのですが、戦争が始まり、兵士として中国に行っていたそうです。戦後は、実家の家業を継ぎ、日用品や農業用品、肥料を売るようなお店をしていました。本当は芸術的なことに関心があったのだけれど、おそらく向いていない商売をやっていたんだと思います。

窪島　人間には先天的に運命づけられて与えられているものと、自分で自分を開拓していくというものがある。さきほど話に出た「生と死」もそうだけど、実はそれも曖昧なんだよね。例えば僕は本当に勉強ができなくて、当時はベビーブームで、学校はひとクラス五〇、六〇人の生徒がいたけれど、全学年四〇〇人いるような中で、下から数えて五番とか一〇番目に入っているような男だったんです。でも、ものを書くことだけはとても好きだったんですね。
なぜ、文章を書くのが好きだったのか。家は靴の修理屋で、家は新聞も取っていないし、親父も、朝から晩まで浪花節をうなっていたような生活でしたから。でもそんな家でも、僕だけは、当時一円で二枚買えたわら半紙に、細かい字でいろんな物語を書いたり挿絵を描いたりして。学校には、後で平凡社で編集者になって僕の本を何冊も出してくれた友人がいたんだけど、彼と文芸部を作って、壁新聞に連載小説を書いていた。そういう自分の傾向が、どこから来たのかなと思っていて、それが水上さんと出会ったときに、ああ、この人だったんだというのはありましたね。

古市　納得できたんですね。

窪島　納得できた。親探しも何探しも、結局は自分探しなんですよ。自分って何なんだ、どうして自分はこういうものの考え方をするのか、どうしてそうなるのか。それを知らないまま死んでいくのが切ないという思いがありましたから。

母を抱いているのは僕

古市　僕の場合はサンプルとして妹が二人いるのですが、三人が全然違う生き方をしているんです。長女のは、結婚をして仕事をやめて専業主婦になり、出産後に短時間で仕事を再開するという昭和型の人生を送っているし、末っ子の妹は、仕事をどんどん変えるような、ある意味で平成的な生き方をしている。三人がそれぞれ全然違うので、親の遺伝の影響があまりよくわかりません。放任だったので、きょうだいに差が出ただろうということはわかるんですが。

窪島　なるほど、古市さん自体は平成型？　違うかな。

古市　どうでしょうね。

窪島　今回の小説を読むとそれもちょっと違う気がするんだよね。平成をクールに分析しているからね。やっかいなことに。

古市　そうですね。僕はどうしても、後ろに後ろに下がろうとしてしまうので、中に飛び込んでどうこうというのはあまり考えたことはないですね。ところで、窪島さんは、親が人間なんだということにいつ気づきました？　つまり親が、「親」という生き物ではなく、気分の悪いときもあるし、感情に身を任せるようなときもあるひとりの人間なんだって、なかなか子どもは気付けないと思うんです。

窪島　貧困というものが、彼らを人間にさせていたところはあったよね。つまり、腹が減って食いたいものが食えないといらつくし、子どもにも当たる。否応なく裸の人間になってしまう。当時それは、僕の家庭だけではなかったような気がしますね。あの時代には、人間としての自我を隠すことができなかった親たちの姿があった。

古市　幼くして、親のいやな面を見てしまうということですね。

窪島　一番ショックだったのは、本にも書いてあるけど、母が僕にかかった生活費だけをメモしていたということですね。僕は七六年生きてきて、その間、病気をしたりいろんなことで絶望を感じたけど、小学校のときに、母ハツが書いた「誠ちゃんにかかった生活費」というノートを手にとった瞬間の絶望は……。それまでの書き割りが全部裏返って、違う風景になってしまったぐらい、やるせない出来事でしたね。ただ両親も、おそらく悪意があってやったわけじゃなく、貧しいがゆえに、自分は貰った子どもを育てているんだという、何か確証がほしくてやっていたことなのかもしれませんが。

古市　でもそのハツさんに抱いてもらったりすることで、いろんな痛みが飛んでいくという思いもされたんですよね。あれは何歳くらいのことですか？

窪島　もっと小さいころでしたね。

古市　そのころは絶対的に信頼していた。

窪島　そうですね。僕はたまたま生まれ育った明大前というところで小さな芝居小屋をやっていて、五二年やって一昨年閉めたんですが、七月堂という六〇年くらいつづけている本屋さん兼出版社が明大前にあって、今度そこの店主さんが、僕の詩集を出してくれることになったんです。「窪島さんは明大前のレジェンドです」なんて言ってくれて。それで最近明大前に行ってきたのですが、ぶらぶら歩いていたら、小学校のころのことを思い出しました。僕は成績も悪かったけど、体がでかいわりに走るのが遅くて。とりわけ悲しかったのが運動会でした。あなたは何かスポーツやるの？

古市　僕は全然やらないです。

窪島　俺もそう。本当にスポーツ無能力者でね。運動会では必ずビリだったんですよ。でも母親が、明大前の踏切のところでずっと割烹着着て待っててくれるんですね。学校から泣きながら帰ってきてその母親の姿を見つけると、もう涙がどんどん出てきて、わーっと泣きながら母親の割烹着にむかって走る。まるでタックルするようにね。当時既に母親の二倍くらい体が大きかったので、本気でタックルしたら母がぶっ飛んでしまうけれど、それでもしがみつくようにして。実際に母を抱いてるのは僕なんだけどね。

古市　でも実際のお母さまと、生みの親のお母さまと二人いるわけですよね。そのように親に対して、ロマンを抱き続けられたのはどうしてなんですか？

窪島　朝から晩まで新聞も読まないで、浪花節うなっている育ての父親のことは軽蔑していたけれど、僕を抱いてくれて、頭の痛いのを飛ばしてくれた育ての母、ハツには、尊敬というか、やはり自分の母でいてくれてよかったというのはありましたね。貧乏くじをひいたのは生みの母だったかもしれません。後々、三五年も遅れて登場して、息子に「すまなかった」と言う。でも、「あのころは戦争で、わたしだけが悪いんじゃない」というレトリックも持っている。しかも彼女は当時、東亜研究所という、当時で言えばイケイケドンドンの中国侵略の片棒を担いだ研究所に勤めていた。そんな生母から「誠ちゃんにお詫びする」って言われたときは、「僕にはもうお母さんはいるので、あなたは関係ない」という感じでしたね。でも、今思えばやはり、あの母も、戦争の最中、お腹を大きくして、灯火管制の下で僕を出産してくれた人なわけで。それがなければ僕はこの世にいなかったわけだからね。

古市　生みの母に対して、そのような気持ちになれたのは何歳くらいのことですか？

窪島　六〇歳くらいか、五〇後半くらいでしょうね。

古市　本当に最近だったんですね。

窪島　自分の子どもが成人して、二〇歳を超えたころくらいになってからですね。先日、今度の本を編集して下さった出口さんから、生父母と養父母のデッサンを描いてみたらといわれて。美術館をやっているから絵も描けると勘違いされたんですね(笑)。でも、せっかくだから描いてみようと思って。女房が暮らしている成城の家に久しぶりに帰ったんです。養父母たちの写真は、家の仏壇に飾ってありますから。でも、描いている間に「ごめんね、こんなになっちゃって」という感じで。ずっとあやまり通しでした。

古市　「こんなになっちゃって」というのは、どういう意味でですか？

窪島　何なんでしょうね。やっぱり育ての親にとっては、僕が本当の両親を自力で捜し当てたということは辛いことだったのかもしれないと。最初の本を出したときに全国から一〇〇通以上のお手紙をもらったのですが、それを読むと、戦争のときには僕と同じような身の上の人が多くいて、でも多くは僕のようにしつこく本当の親を探そうとはしなかったし、実際の親を見つけようにも消息がわからない人も多くいた。でも僕は本当の親を探し出してしまった。どこかに「自分は間違ったことをしてしまったんだ」という思いがありましたしね。

僕は破壊的じゃない

古市　ハツさんたちは本当のお父さんお母さんのことは知っていたんですか？

窪島　知っていました。それを隠していたんですね。

古市　窪島さんが本当の親を捜していることは知っていたんでしょうか。どんな反応をされていましたか？

窪島　女房経由で知っていたと思います。僕の成城の家は成城の九丁目にあってお金持ち住宅街とは全然違うんですけど、そこから八〇〇メートルくらいのところに、水上さんの大きな家があった。そこに僕の子どもが迷い込んでいって、水上家のお手伝いさんにお菓子をもらって帰ってきたこともありましたから、いよいよ捜査の手が迫るような気持ちで、養父母は身の縮むような思いをしていたでしょうね。

古市　どっちがよかったんでしょうね。

窪島　うまく言えないのですが、人間が人を憎む分量は、「愛憎」という言葉にあるように、愛している量でもあるんですよね。そこが難しいところです。しかし、水上さんに関しては、僕は文学に焦がれて芸術に焦がれていましたし、浪花節しかやらない親父に対する嫌悪感もあった中でだったので、まるでビッグスターの登場のように思えましたね。

古市　水上さんの生活スタイルも、現代の価値感で考えたらひどいところも多くありますよね。

窪島　ひどいです（笑）。

古市　女性をたくさんまわりに囲うなど、昭和ではそれがスターの生き方だったんでしょうが、今だったら週刊誌に叩かれてもおかしくない。水上さんが実の父親だとわかって、窪島さんはそのような水上さんの破壊的な生き方に影響を受けたというのはありますか？

窪島　僕は破壊的じゃないからね（笑）。同じ女の人とずっと籍を入れたまま生きていますしね。

古市　籍は入れていますが、一定の距離はあるわけですよね。つまり破壊というよりも、表面張力ぎりぎりのところで、ここまでいってもこぼれないという実験をしているようにも感じます（笑）。

窪島さんの親御さんは今、四人とも亡くなっているわけですが、そのことが窪島さんの生活や感覚、感情に訴えてくるものはありますか？　例えば、親が亡くなってせいせいしたという人もいますよね。これで自由にモノが言える、という人もいる。社会学者の上野千鶴子さんも、親が死んでから、いろんなことが自由に言えるようになったとおっしゃっていました。

窪島　どうかなあ、僕が水上さんと出会ったころは、本当に出版社も元気なころで、ベストセラーを出したら、成城町に一千坪の土地を得て軽井沢に大別荘を持ち、女優と浮名を流すようなことができた。ありえないほど本が読まれていたんですよ。僕と水上さんは、その売れっ子まっさかりの時に会っているでしょう。昔はよく、僕の美術館を訪ねてくる人に、「水上先生によく似ていますね」などと言われたけど、今はもう水上勉など知らない人が多いんです。彼は一番良い、幸福な時期に死んでいった。だから、作家である水上さんはリスペクトするけれど、それが親に対する尊敬や愛なのかというと、わからない。水上さんは残酷な人で、僕の生みの母の名前も覚えていませんでしたからね。

古市　すごいですね。

窪島　すごいですよ。僕の名前もしょっちゅう間違えたしね。いい加減な男だと思うけど、やっぱりエッセイなんか書かせるとうまいな、と思ってしまう。だから僕は股割き状態の中で、こんなフランケンシュタインみたいな人間になっちゃったんだ。

古市　今回の本で面白いなと思ったのは、窪島さんが親子というものにとても期待されていて、親はこうあるべきだ、子どもはこうあるべきだと主張した数行後に、でも自分は親としては子どもに全然できなかったと告白していることです。親子というものに対するロマンとリアルのギャップがすごく興味深かったです。本書の仮題は『親という存在』だったんですよね。それなのに、「親としての自分」について書かなかったのはなぜなんですか？

窪島　それはもう、僕は子どもを放棄していましたからね。今、息子はＩＴの会社、ホリエモンさんのお弟子というか、そういうＩＴの会社で社長をやっています。持っている能力の種類が全然僕とは違う。僕より金儲けがうまい（笑）。娘もＮＥＣに勤めています。

どうも子どもが苦手なんです

古市　子どものころは一緒に住んでいたんですか？

窪島　住んでいました。小さな飲み屋をやっていたときには、店の裏の方に寝かしつけていました。主に、茂、ハツのおじいちゃんおばあちゃんが育てていましたね。

古市　何歳くらいから距離を置くようになったんですか？

窪島　僕が信州に一人住まいし始めてからです。女房には二人ともとてもなついて、学校も女房の家から通っていましたから。けれども僕はそのころにはもう信州で隠遁を決め込んでいました。

古市　三〇代半ばで別居されたんですよね。
窪島　あなたちゃんと読んでくれてますね。
古市　ちゃんと読んでいますよ（笑）。読んだふりってすぐにばれるじゃないですか。
窪島　でも詳しくわかったでしょう？　そういうことだったのかと。
古市　断片的に聞いていたことがいっぺんに読めたので面白かったです。でも、自分を生んだ父母と離れて暮らしたからこそ、逆に自分の子どもには……とは思わなかったんですか？
窪島　僕はどうも子どもが苦手なんです。新幹線に乗っていても、子どもを見ていると窓から捨てたくなるくらい嫌い。でも、子どもはそうでも、孫はかわいいですよ、って人から言われて。実際、今、息子に孫が誕生したんですけど、確かに（笑）。
古市　窪島さんって正直ですね。孫はかわいかったんですか？
窪島　かわいかったんですよ。俺も人間なんだなと思いました（笑）。ただ孫のことを僕が何か世話するわけじゃないから、無責任なものですよ。ただ僕は、息子の嫁に「とにかく三歳まではぎゅっと抱きしめろ」と言ってるんですね。なぜそんなことを強調するかというと、僕のようなどこか欠損した人間が誕生してしまった根元にはね、幼い頃、親に抱かれないで育ったということがあると思う。あなたも抱かれてないでしょう？
古市　どうなんでしょうね。でも抱かれたからよかったわけでもないし。難しいですよね。
窪島　いや、それが甘いんだよ（笑）。やっぱりぎゅーっと抱いてくれるっていうのはね……大事なんだよ。でもどうも古市さんって、抱かれてるとかイメージできないんですよね。そういう写真もないでしょう？

古市　子どものころですか？　記憶にはないですけど、考えたことがなかったです。立ってる写真はありますけどね。抱かれている写真も探せばあるんじゃないかな。

窪島　でもまあ、誰だって、誰かに抱かれないでは生きてはいないわけですからね。

古市　でも窪島さんも、飽きるほど親から抱きしめられて、ショックな出来事もなくて、普通のサラリーマンになっていた人生と、この人生のどっちが良かったのかは、わからないですよね？

窪島　もうイメージできないですね。どう考えても……。どうだろうな。僕を水上夫婦から窪島夫婦へ手渡してくれた、キューピッド役を果たした学生さんは、フィリピンで二七歳で戦死してるんですが、彼が奥さんに残した手紙で、当時僕はリョウという名前だったんだけど、「リョウちゃんが窪島家にいって幸せになってほしい。祈っている」と書いてくれていた。あのときに彼が明治大学の正門の前で働いている靴の修理屋ではなくて、もっと別の、例えば、外交官の夫婦に僕を預けたりしてたらどうなったのかなと、それは思いますよね。

古市　まるで別の人生だったでしょうね。

窪島　後のいろんな体験によって人間は変わっていくと古市さんは言いましたが、僕が誰かの間に生まれ、そして誰かの手に預けられたということは、テコでも動かない、何ものも関与することのできない運命ですね。けれどもそこからどう生きて誰と出会い、どう体験を積んでいったかが、自分を作っていくんでしょうね。

古市　七六年生きてみてどうですか？　この人生、意外に悪くはなかったですか？

窪島　バカにしてるな（笑）。実は、さっきもちょっと傷ついたんですよ。古市さんの妹さんの話で、「昭和な生き方してるんだよね」って言ってたの。昭和の生き方って何だよ！　古市さんはここでも人間図鑑の中で腑分けしてる（笑）。

ただ、七六年生きてきたけど、僕は運は良いほうだと思いますね。例えば、中国残留孤児を含めてあの戦争下で離ればなれになった親子というのはたくさんいた。東京の空襲で離ればなれになって、自分の親がわからないまま年を取って死んでいった人もたくさんいますからね。そういうことのわからなさほど切ないものはないと考えると、やっぱり僕は運が良かったんだと思いますね。

「生」と「死」と「書くこと」

古市　がんになられたお話もされていましたが、死ぬことは怖いですか？

窪島　実は古市さんと以前もその話をしてずいぶんやり込められましたね。あのときは、死を「怖い」って言いたくない気持ちがあって、我《が》を張ったけど。今は少し変わりました。

古市　怖くなってきたんですか？　それとも「死」が身近にあることに、慣れてきたんですか。

窪島　そう、慣れてくるんですよ。もう今は、どこかで声をかければ、死のほうから声が返ってくるような距離に来ているんですね。

古市　じゃあ絶対に死にたくないというような思いはどんどんなくなってきた？

窪島　そうですね。死はやがては来るものだし、それには順応してきている。今回、がんと診断が下ってから手術まで時間があって、手術の日を一ヶ月後にしましょうと言われて、がんの種類に関する説明を受けました。基本的には外科手術で終わる、手術で切除してしまえば、転移の可能性は低いと言われました。二年前のくも膜下出血は突然ガーンときて、救急車に運ばれて、もう意識がすうっと遠くなっていきましたからね。あのままずっと遠くなりっぱなしだったら、もう死んだということなんですが。でもそのときに臨死体験みたいなものがありましたね。僕の場合は花火でした。それも豪華な隅田川両国の花火のような絢爛たるものではなくて、線香花火を大きな巨人がパチパチっとやっているような感じです。でもとても美しかった。そっちに行ったら楽だろうなという感じでした。

古市　死ぬときは美しいものを目撃しながら、この世界から消えていけるんですね。

窪島　まあ僕はちゃんと澄み切った人生を送っていますからね（笑）。あなたはあれだけ人を炎上させ、不快な気分にさせまくっているから（笑）。

　でも、モノを書くというのはね、やっぱり人間を生きさせてくれるんだな。

古市　何かを書きたいと思う気持ち、ということですか？

窪島　うん、だってサドだって、ジャン・ジュネだって、みんな犯罪者として捕まっちゃったけど、小説を書いたでしょう。連続通り魔の永山則夫だって、獄中で小説書きましたしね。書くというのは免罪でもあり告白でもあり、客観的な、自分という人間の分析でもある。これはすごい仕事だと思いますね。

古市　確かに小説家というのは、死刑囚でもできる仕事ですもんね。

窪島　そうですよ。

古市　すごく面白いと思ったのは、全部が本当ですという建前のノンフィクションよりも、フィクションのほうがより本当のことを書ける場合があるということです。

窪島　虚実の虚のほうが実のほうに食い込んでいるというのはありますね。よく人間は誰でも生きていれば一冊の小説が書けると言いますが、どっこいそうはいかない。やはり、ウソのつけない人間には本当のことは書けないですよ。夏休みの日記帳に「その日は朝から土砂降りだった」と書いても、気象庁に問い合わせれば晴天だったことがわかる。でも晴天だったことを書くだけでは書けないこともある。「土砂降りだった」と始めないと書けないこともあるんです。事実と真実の差というか。だから今回、あなたが小説を書いたのは本当にうれしかったですよ。これはどのくらいの期間で書いたんですか?

古市　一、二ヶ月くらいでしたね。

窪島　かなり乗って書いたんですね。

古市　そうですね。これまでの本や文章と、あまりペースは変わりませんでした。結末だけは決めていて、あとはプロットも作らずに、順番に書いていきました。

窪島　これは文藝春秋さんは喜ぶよ。古市憲寿が小説書いてくれればね。これは変な賞はとらないほうがいい。なまじ三島由紀夫賞とか山本周五郎賞をとるよりは、芥川が一番いいでしょうね。そう僕は手紙に書いたんですよね。平成最後の芥川賞を受賞して授賞式には欠席しなさいって。……やりすぎかな（笑）。

古市　賞のことは全然わからないんですが、もともとは祖母のことがあったから小説を書こうと思ったんです。実は結構前から小説を執筆してみないかとは誘われていたんですが、どうしても書き始められなかった。今回は、理由というか必然性があったから書けたのかも知れません。

窪島　でも僕、今度の本にはかなりヒントを与えられたな。島田雅彦さんが「すばる」で書いている手法が、自分自身を「君が」という書き方で書いていて、同じ三人称なんだけど、ちょっと視座をずらしているやりかたで。でも君は、という書き方だとパクリになっちゃうので、他の方法はないかなと思っていて。あなたは「彼女」の視点から書いているじゃないですか。ただあれは、モノを書く人間としてはかなり難易度高いんですよ。でも、この方法があったなと思いました。要するに僕を誰かの視点から捉える、つまり「私は」とは書かない。その方法はいいなと思いましたね。ずいぶん思い切った。手だれた作家の書きようだなと思いました。

古市　いやいや全然。まだ二作しか発表していないので。でもとても書きやすかったですね。

窪島　そうだね。楽しそうに書いている感じがしましたね。いろいろ書きたいことがたまっていたんだね。

古市　そうかも知れません。ただ、これまで書いてきた本と、大きく違うという意識はないんです。今までも、「若者」とか「起業」とか、自分のまわりのことを研究書という形で書いてきただけなので。

窪島　いいなあ。そういう意味では僕の場合、二組の両親が死んでしまったわけですよね。それまでもぼんやりとは空想はしていたんです。生みの両親がいて、育ての両親がいて四人も親がいる。そこに自分が子どもとして生きている。順番からいえば、いつか養父母が死に、実の父母が死に……、全部が死んでしまったあとの自分というのはどうなるのだろうと。どう自分に変化がおこるんだろうということを考えていました。そしてこの場に来て親心が出てくるのですが、うちの子どもたちも自分の両親とおじいちゃんおばあちゃんがどういう関係だったのかはよく知らないわけです。それもあって、ちゃんと明瞭にして書いておいたほうがいいかなと思ったんです。

百年くらいなら本は残る

古市　水上さんのことは「水上さん」と呼んでいたんですか？
窪島　「先生」と読んでいましたね。
古市　ハツさんのことは、お母さんとかお袋とか？
窪島　そうです。
古市　生みのお母さんのことは？
窪島　そうですね。「エキさん」と名前で呼んでいました。エキさんの家系はかなり込み入っていてね。彼女の義兄は、成田の三里塚闘争で最後まで団結小屋に立てこもって機動隊と闘っていた人だったんです。彼女も先ほどいったように東亜研究所に勤めていた。いわゆる闘う女でしたね。
古市　東亜研究所は、戦後は東京大空襲の戦災資料センターになったんですよね？
窪島　そうなんです。今では戦争の記憶を伝える機関になっている。僕のモノを書いたりすることへの憧憬というのはどこから来たのかと、ちょっとふしぎですね。

古市　でもその憧れがまだ消えないわけですよね。普通はもう、書いたら満足するという人も多いし、書き続ける人というのはなかなかいないわけですから。

窪島　でもあなたはきっと書き続けますよ。あなたの場合不幸にして本が売れるからね、それがある意味では大変でしょうね。でも売れる売れないに関係なく、書きたいことがある以上書くんですけどね。

古市　何で僕たちは本を書くんでしょうね。窪島さんはどうですか。「残したい」という感情なんでしょうか。それとも知ってほしいというような？

窪島　いや、知ってほしいという気持ちはもはやないですね。ただ、映像はデジタルとかアーカイブとして残っていくんでしょうが、紙の本というのは、世の中どんどん発展していっても、意外に馬鹿にならないモノだと思うんですね。だって、一冊どこか、五冊どこかに残っていれば、多くの人が死に絶えたあとの一〇〇年後の人間がホコリの中から発見して読む可能性があるかもしれないんですから。紙の本を「ブツ」として僕は信用するんですよ。

古市　確かに、コンピュータの形式はどんどん変わっていくから。一〇〇年後に読み取れない形式も多いでしょうしね。

窪島　停電になってもこっちのほうが強いしね。

古市　一〇〇年くらいなら紙の本は残るでしょうね。一〇〇〇年たつとだいぶ淘汰されるでしょうけど、それでも残るものは残る。今の多くの本は、一〇〇〇年前当時の『源氏物語』よりも発行部数が多いでしょうしね。

窪島　古市さんを友だちと呼ばせてもらえるなら、半世紀年上の人間として言いたいのは、やはり「死を意識する生」というか、極論を言えば生きることとは死ぬことなのだと思うんです。そのこと抜きには思想というのはないのではないかと思う。親を考える、家族のことを考える、血縁を考えるというのはとりもなおさず、自分の生の行き先である死を覚悟するためのステップなんですよ。僕はそういう感覚ですね。自分のことに関心があるから親に対する関心が生じるのであってね。親を愛するとか、そういう話ではあまりないいんですね。そこは僕たちの一致しているところだと思う。だから、最初信州で対談させてもらったときに古市さんに「家に帰ったら誰かが電気つけて待ってるというのは気持ち悪いですよね」と言われたときに「だよね？」と変なところでシンパシー感じました（笑）。

古市　僕は、誰かと住みたいと思ったことがあまりないんです。自分以外の存在が自分を待っているという状況がどうも苦手で。

窪島　そうなんだよなあ。でもあなたが将来子どもを持つかどうかは知らないけれど、僕たちが言うような関係の中からは少なくとも家族は生まれないよね。あなたはまだ結婚していないからいいけど、僕なんか結婚して、ちゃんと籍も入れて子どももいて、社会的に妻帯者になりながら、まだ七六歳にもなってこんなことを言っている。

古市　それは本当にすごいことです。

窪島　うーん、すごいかな。何だか哀しくなってきたから、このあたりで……。

古市憲寿（ふるいち・のりとし）……一九八五年東京都生まれ。社会学者。若者の生態を的確に描出し、クールに擁護した著書『絶望の国の幸福な若者たち』（講談社）などで注目される。日本学術振興会「育志賞」受賞。著書に『だから日本はズレている』（新潮社）、『保育園義務教育化』（小学館）などがある。二〇一八年に初の小説単行本となる『平成くん、さようなら』（文藝春秋）を発表した。

窪島誠一郎（くぼしま・せいいちろう）

1941年、東京生まれ。印刷工、酒場経営などを経て、64年、東京世田谷に小劇場の草分け「キッド・アイラック・アート・ホール」を設立、また79年長野県上田市に夭折画家のデッサンを展示する私設美術館「信濃デッサン館」、97年に戦没画学生慰霊美術館「無言館」を設立した。主著：実父水上勉との再会を綴った『父への手紙』（筑摩書房、ＮＨＫテレビドラマ化）、『信濃デッサン館日記・Ⅰ・Ⅱ・Ⅲ・Ⅳ』（平凡社）、『無言館ものがたり』『無言館の青春』（講談社）『「無言館」への旅』『高間筆子幻景』『絵をみるヒント』『父 水上勉』『母ふたり』（以上、白水社）など多数。

第46回産経児童出版文化賞、第14回地方出版文化功労賞、第7回信毎賞、第13回ＮＨＫ地域放送文化賞を受賞。2005年、「無言館」の活動で第53回菊池寛賞受賞。2016年、平和活動への貢献にあたえられる第一回「澄和フューチャリスト賞」を受賞。

カバー写真：山本宗補　／編集協力：岩崎眞美子

親《おや》を愛《あい》せない子《こ》、子《こ》を愛《あい》せない親《おや》たちへ
――わたしの親子論

2019年1月13日　初版第一刷

著　者　窪島誠一郎 ©2019
発行者　竹内淳夫
発行所　株式会社 彩流社
〒102-0071 東京都千代田区富士見2-2-2
電話　03-3234-5931
FAX　03-3234-5932
http://www.sairyusha.co.jp/

編　集　出口綾子
装　丁　間村俊一
印刷　モリモト印刷株式会社
製本　株式会社難波製本

Printed in Japan　ISBN978-4-7791-2539-3 C0095
定価はカバーに表示してあります。乱丁・落丁本はお取り替えいたします。